U0055699

風雲時代

風雲時代

周作人作品精選 15

經典新版

苦竹雜記

周作人

周作人——著

總序

文學星座中，璀璨不亞於魯迅的周作人

朱墨菲

每個時代都會有特別具有代表性、令人們特別懷想的人物，在新文學領域，周作人無疑就是其中一個。身為大文豪魯迅之弟，兩兄弟在文壇可說是各領風騷，各自綻放著不同的光芒。

作為五四新文化運動的一員，周作人在中國文學上的影響力絕對具有舉足輕重的地位，時值新舊文化交替之際，面對西方思潮的來襲，多數讀書人或抱殘守缺，或媚外崇洋，在劇烈的文化衝擊中，許多受過西方教育的學子如胡適、錢玄同、蔡元培、林語堂等，紛紛投入這股新文化浪潮中。

周作人脫穎而出，被譽為是「五四」以降最負盛名的散文及文學翻譯家，他以「對性靈的表達乃為言志」的理念，創造了獨樹一格的寫作風格，充滿靈性，看似平凡卻處處透著玄妙的人生韻味，清新的文風立即風靡一時，更迅速形成一大流派

「言志派」，在中國文學史上留下了不可抹滅的一筆。郁達夫曾說：「中國現代散文的成績，以魯迅、周作人兩人的為最豐富最偉大，我平時的偏嗜，亦以此二人的散文為最所溺愛。一經開選，如竊賊入了阿拉伯的寶庫，東張西望，簡直迷了我取去的判斷。」陳之藩是散文大師，他特地強調胡適晚年不止一次跟他說：「到現在值得一看的，只有周作人的東西了。」可見周作人散文之優美意境。

處在動盪年代的周作人，亦可說是時代的見證人，年少時赴日求學，精通日語，讓他對日本文化有深刻的觀察，而後又親身經歷了中國近代史上諸多重要歷史事件，如鑑湖女俠秋瑾、徐錫麟等的革命活動、辛亥革命、張勳復辟等，他一生的形跡記錄即是重要史料，從他的《知堂回想錄》書中即可探知一二。而他晚年撰寫的《魯迅的故家》、《魯迅的青年時代》等回憶文章，更為研究魯迅的讀者提供了許多寶貴的第一手資料。

對世人來說，周作人也許不是個討喜的人，因為他從來都不是隨俗附和的人，他只說自己想說的話，一生奉行的就是孔子所強調的「知之為知之，不知為不知，是知也」的理念，這使他的文章中充滿了濃濃的自由主義，並形成他日後以「人的文學」為概念，跳脫傳統窠臼，更自號「知堂」之故。在《知堂回想錄》的後序中，周作人自陳：「我是一個庸人，就是極普通的中國人，並不是什麼文人學士，只因偶然的關係，活得長了，見聞也就多了些，譬如一個旅人，走了許多路程，經歷可以談談，有人說『講你的故事罷』，也就講些，也都是平凡的事情和道理。」

也許，在諸多文豪的光環下，在世人傳說的紛擾下，他的文學地位一度有明珠蒙塵之虞，本社因而在他去世五十年之際，特將他的文集重新整理出版，包括他最知名的回憶錄《知堂回想錄》以及散文集《自己的園地》、《雨天的書》、《談龍集》、《談虎集》、《看雲集》、《苦茶隨筆》等，使讀者從他的著作中可以更加了解一代文學巨匠的內心世界，品味他的文字之美。

苦竹雜記

目錄——

第二卷 情書寫法

苦竹雜記

目錄——

第三卷 日本採風

第一卷　禁書內外

小引

《寶慶會稽續志》卷四苦竹一條云：「山陰縣有苦竹城，越以封范蠡之子，則越自昔產此竹矣。謝靈運《山居賦》曰，竹則四苦齊味，謂黃苦，青苦，白苦，紫苦也。越又有烏末苦，頓地苦，掉額苦，湘簟苦，油苦，石斑苦。苦筍以黃苞推第一，謂之黃鶯苦。孟浩然詩，歲月青松老，風霜苦竹餘。」

苦竹有這好些花樣，從前不曾知道，頓地掉額云云彷彿苦不堪言，但不曉得味道與蕺山的蕺怎樣。《嘉泰會稽志》卷十七講竹的這一條中云：

「苦竹亦可為紙，但堪作寓錢爾。」案紹興製錫箔糊為「銀錠」，用於祭祀，與祭灶司菩薩之太錠不同，其裱褙錫箔的紙黃而粗，蓋即苦竹所製者歟。我寫雜記，便即取這苦竹為名。

《冬心先生畫竹題記》第十一則云：

「酈道元注《水經》，山陰縣有苦竹里，里中生竹，竹多繁冗不可芟，豈其幽翳殄瘁若斯民之餒也夫。山陰比日凋瘵，吾友舒明府瞻為是邑長，宜憫其凶而施其灌溉焉。予畫此幅，冷冷清清，付渡江人寄與之，霜苞雪翠，觸目興感為何如也。」此藹然仁人之言，但與不佞的意思卻是沒有干係耳。

廿四年六月十三日，於北平。

冬天的蠅

這幾天讀日本兩個作家的隨筆，覺得很有興趣。一是谷崎潤一郎的《攝陽隨筆》，一是永井荷風的《冬天的蠅》，是本年四五月間出版的。這兩個人都是小說家，但是我所最喜歡的還是他們的隨筆。

說也湊巧，他們一樣地都是東京人，就是所謂「江戶子」，年紀都是五十出外，思想不大相同，可是都不是任何派的正宗。兩人前不屬自然派，後不屬普羅文士，卻各有擅場，谷崎多寫「他虐狂」的變態心理，以《刺青》一篇出名，永井則當初作耽美的小說，後來專寫市井風俗，有《露水的前後》是記女招待生活的大作。

他們的文章又都很好，谷崎新著有《文章讀本》，又有《關於現代口語文的缺點》一文收在《倚松庵隨筆》中。我讀他們兩人的文章，忽然覺得好有一比，谷崎有如郭沫若，永井彷彿郁達夫，不過這只是印象上的近似，至於詳細自然並不全是一樣。

說到文章，我從前也很喜歡根岸派所提倡的寫生文，正岡子規之外，阪本文泉子與長塚節的散文，我至今還愛讀，可是近來看高濱虛子的文集《新俳文》與山口青村的《有花的隨筆》，覺得寫是寫得漂亮，卻不甚滿足，因為似乎具衣冠而少神氣。古來的俳文不是這樣的，大抵都更要充實，文字縱然飄逸幽默，裡邊透露出誠懇深刻的思想與經驗。自芭蕉，一茶以至子規，無不如此，雖然如橫井也有純是太平之逸民，始終微笑地寫那一部《鶉衣》者也不是沒有。

谷崎永井兩人所寫的不是俳文，但以隨筆論我覺得極好，非現代俳諧師所能及，因為文章固佳而思想亦充實，不是今天天氣哈哈哈那種態度。《攝陽隨筆》裡的《陰翳禮贊》與《懷東京》都是百十頁的長篇，卻值得一氣讀完，隨處遇見會心的話，在《倚松庵隨筆》裡有《大阪與大阪人》等一二篇也是如此。

《冬天的蠅》內有文十篇，又附錄舊稿八篇為一卷曰「墨滓」。卷首有序六行云：「討人厭而長生著的人呀，冬天的蠅。想起晉子的這句詩，就取了書名。假如有人要問這意思，那麼我只答說，所收的文章多是這昭和九年冬天起到今年還未立春的時候所寫的也。還有什麼話說，蓋身老矣，但愈益被討厭耳。乙亥之歲二月，荷風散人識。」

谷崎今年才五十，而文中常以老人自居，永井更長七歲，雖亦自稱老朽，紙上多憤激之氣，往往過於谷崎，老輩中唯戶川秋骨可以競爽，對於偽文明俗社會痛下針砭，若島崎藤村諸人大抵取緘默的態度，不多管閒事了。《冬天的蠅》的文章我差不多都喜歡，第二篇云「枇杷花」，末云：

「震災後自從銀座大街再種柳樹的時候起，時勢急變，連妓家酒館的主人也來運動議員候補這種笑話現在想聽也聽不到了，但是這咖啡館的店頭也時常裝飾著穿甲冑的武士土偶，古董店的躉賣廣告上也要用什麼布珍品之炮列運廉賣之商策這種文句了。

「我喜歡記載日常所見聞的世間事件，然而卻不欲關於這些試下是非的論斷。這因為我自己知道，我的思想與趣味是太遼遠地屬於過去之廢滅的時代也。……

「在陋屋的庭園裡野菊的花亦既萎謝之後，望著顏色也沒有的枇杷花開著，我還是照常反覆念那古詩，羈鳥戀舊林，池魚思故淵。這樣地，我這一身便與草木同樣地徒然漸以老朽罷。」

上文裡彷彿可以看出些感傷的氣味，其實未必盡然，三年前在《答正宗谷崎二氏的批評》中云：「大正三四年頃，我將題為『日和下馱』的《東京散策記》寫完了。我到了穿了日和下馱（晴天屐）去尋訪古墓，實在早已不能再立在新文學的先陣了。」

所以他這種態度至少可以說是二十年來已是如此，他之被人討厭或是討厭人因此也由來已久，《冬天的蠅》不過是最近的一種表示罷了。

前年出版的《荷風隨筆》中有《討厭話》與《關於新聞紙》兩篇文章，對於文人記者加以痛罵，在《日和下馱》第一篇中也有很好的一段話，這乃是大正三年（一九一四）所寫：

「日本現在與文化已爛熟了的西洋大陸的社會情形不同，不管資本有無，只要自己想做，可做的事業很不少。招集男女烏合之眾，演起戲來，只須加上為了藝術的名號，就會有相當的看客來看。引動鄉間中學生的虛榮心，募集投稿，則文學雜誌之經營也很容易。借了慈善與教育的美名，迫脅軟弱的職業藝員，叫他們廉價出演，一面強售戲券，這樣開辦起來，可以得到濕手捏小米的大賺頭。

「從富豪的人身攻擊起手，漸漸得了凶頭子的名望，看到口袋充滿的時候巧妙地搖身一變，成為紳士，擺出上流的模樣，不久就可做到國會議員。這樣看來，要比現在日本可做的事多而且容易的國家恐怕再也沒有了。可是，假如有人看不起這樣的處世法的，那麼他宜自退讓，沒有別的法子。

「想要坐市內電車去趕路的人，非有每過車站時不顧什麼面子體裁，把人家推開，橫衝直撞地蹦上去的蠻勇不可。若是反省自己沒有這樣蠻勇，那麼與其徒然在等候空的電車，還不如去找汽車不經過的小胡同，或是得免於街道改正之破壞的舊巷，雖然龜步遲遲，還是自己蹩躠地去步行吧。

「在市內走路，本來並不一定要坐市設的電車的。只要忍受些許的遲延，可以悠悠闊步的路現在還是多有。同樣地，在現代的生活上，也並不一定如不用美洲式的努力主義去做便吃不成飯。只要不起鄉下紳士的野心，留了鬍子，穿了洋服，去嚇傻子，即使身邊沒有一文積蓄，沒有稱為友人之共謀者，也沒有稱為先輩或頭領之一種阿諛的對象，還可以經營優遊自適的生活的方法並不很少。即使一樣去做路邊擺攤的小販，與其留了鬍子，穿了洋服，用演說口調作醫學的說明，賣莫明其妙的藥，我也寧可默然在小胡同的廟會裡去烙了小棋子餅賣，或是捏麵人兒也罷。」

一抄就抄了一大串，我也知道這是不很妥當的。第一，這本不是《冬天的蠅》裡邊的文章。第二，永井的話在中國恐怕也難免於討人厭。抄了過來討人家的不喜歡，我們介紹人對於原作者是很抱歉的事，所以有點惶恐，可是翻過來說，原作者一句句的話說得對不對，我可以不必負責，因為這裡並不是在背聖經也。

六月十五日。

談金聖歎

關於金聖歎的事蹟，孟心史先生在《心史叢刊》二集中收輯得不少。有些記聖歎臨死開玩笑的事，說法不一致，但流傳很廣。王應奎《柳南隨筆》云：

「聞聖歎將死，大歎詫曰，斷頭至痛也，籍家至慘也，而聖歎以不意得之，大奇。於是一笑受刑。」

許奉恩《里乘》轉錄金清美《豁意軒錄聞》云：

「棄市之日作家信託獄卒寄妻子，臨刑大呼曰，殺頭至痛也，滅族至慘也，聖歎無意得此，嗚呼哀哉，然而快哉。遂引頸受戮。獄卒以信呈官，官疑其必有謗語，啟緘視之，上書曰，字付大兒看，鹽菜與黃豆同吃，大有胡桃滋味，此法一傳，我無遺憾矣。官大笑曰，金先生死且侮人。」

柳春浦《聊齋續編》卷四云：

「金聖歎臨刑時飲酒自若，且飲且言曰，割頭痛事也，飲酒快事也，割頭而先飲酒，痛快痛快。聖歎平日批評詩文每涉筆成趣，故臨死不忘趣語，然則果痛耶快耶，恨不起聖歎問之。」

毛祥麟《對山書屋墨餘錄》卷一云：

「當人瑞在獄時，付書於妻曰，殺頭至痛也，籍沒至慘也，而聖歎以無意得之，不亦異乎。」

廖柴舟《二十七松堂集》卷十四《金聖歎先生傳》云：

「臨刑歎曰，砍頭最是苦事，不意於無意中得之。」

柴舟生於清初，甚佩服聖歎，傳後記曰，「予過吳門，訪先生故居而莫知其處，因為詩弔之，並傳其略如此云。」查卷七有《湯中丞毀五通淫祠記》，後記云「予於丙子歲來吳」，計其時為康熙三十五年，距聖歎之死亦正三十五年，此種傳說已在吳中流行，如或可據則自當以廖說為近真耳。傳中又記聖歎講《聖自覺三昧經》事，說明聖歎字義及古詩十九首不可說事，皆未見他人記述。

《唱經堂才子書匯稿》有矍齋二序，一曰「才子書小引」，署順治己亥春日同學矍齋法記聖瑗書，有云：「唱經僕弟行也，僕昔從之學《易》，二十年不能盡其事，故僕實以之為師。凡家人伏臘，相聚以嬉，猶故弟耳，至於有所諮請，僕即未嘗不坐為起立為右焉。」

二曰「敘第四才子書」，即杜詩，署矍齋昌金長文識，無年月，蓋在聖歎死後矣，末曰：「臨命寄示一絕，有且喜唐詩略分解，莊騷馬杜待何如句，余感之，欲盡刻遺稿，首以杜詩從事。」此又一說也。我們雖不能因此而就抹殺以前各種傳說，但總可以說這金長文的話當最可靠，聖歎臨死乃仍拳拳於其批評工作之未完成，此與胡桃滋味正是別一副面目也。

順治癸卯周雪客覆刻本《才子必讀書》上有徐而庵序，其記聖歎性情處頗多可取，如云：「聖歎性疏宕，好閒暇，水邊林下是其得意之處，又好飲酒，日輒為酒人邀去，稍暇又不耐煩，或興至評書，奮筆如風，一日可得一二卷，多逾三日則興漸闌，酒人又拉之去矣。」

又云：「每相見，聖歎必正襟端坐，無一嬉笑容，同學輒道其飲酒之妙，余欲見之而不可得，叩其故，聖歎以余為禮法中人而然也。蓋聖歎無我與人相，與則輒如其人，如遇酒人則曼卿轟飲，遇詩人則摩詰沉吟，遇劍客則猿公舞躍，遇棋客則鳩摩布算，遇道士則鶴氣橫天，遇釋子則蓮花繞座，遇辯士則珠玉隨風，遇靜人則木訥終日，遇老人則為之婆娑，遇孩赤則啼笑宛然也。以故稱聖歎善者各舉一端，不與聖歎交者則同聲詈之，以其人之不可方物也。」

聖歎之為人蓋甚怪，在其臨命時，與同學仍談批書，故亦不妨對獄吏而說諧語歟？而庵序中又記聖歎刻書次第云：

「同學諸子望其成書，百計慫慂之，於是刻《制義才子書》，歷三年又刻王實甫《西廂》，應坊間請，止兩月，皆從飲酒之暇諸子迫促而成者也。己亥評《唐才子書》，乃至鍵戶，梓人滿堂，書者腕脫，聖歎苦之，間許其一出。書成，即評《天下才子必讀書》，將以次完諸才子書，明年庚子《必讀書》甫成而聖歎死，書遂無序，諸子乃以無序書行。」

廖柴舟傳中亦云：「茲行世者，獨《西廂》，《水滸》，《唐詩》，《制義》，唱經堂雜評，諸刻本。」但《制義才子書》至今極少見，問友人亦無一有此書者，查《才子書匯稿》卷首所列唱經堂外書總目，其已刻過者只《第五才子書》，《第六才子書》，《唐才子書》，《必讀才子書》等四種，亦不見制義一種，不知何也。

賴古堂《尺牘新鈔》卷二有嵇永仁與黃俞邰書，說聖歎死後靈異，眉批云：

「聖歎尚有歷科程墨才子書，已刻五百葉，今竟無續成之者，可歎。」

《尺牘新鈔》刻於康熙元年壬寅，批當係周雪客筆，時在徐而庵為《才子必讀書》作序前一年。瞿齋而庵雪客的話應該都靠得住，總結起來大約制義還是刻而未成，所以說有亦可，說無亦未始不可也。

世傳有鬼或狐附在聖歎身上，曰慈月宮陳夫人，又曰泐大師，錢牧齋《初學集》卷四十三有《天臺泐法師靈異記》，記其事云，以天啟丁卯五月降於金氏之乩，是也。

釋戒顯著《現果隨錄》一卷，有康熙十年周櫟園序，其十九則紀戴宜甫子星歸事，附記云：「昔金聖歎館戴宜甫香勳齋，無葉泐大師附聖歎降乩，余時往叩之，與宜甫友善。」這可以考見聖歎少時玩那鬼畫符的時和地，也是很有興味的事，但不知為何，在他各才子書批評裡卻看不出一點痕跡，我不知道刻《西廂》的年代，只查出《水滸》序題崇禎十四年二月，或者事隔十三四年，已不復再作少年狡獪乎。

《心史叢刊》二集中云，「袁枚《隨園詩話》，金聖歎好批小說，人多薄之，然其《宿野廟》一絕云，眾響漸已寂，蟲於佛面飛，半窗關夜雨，四壁掛僧衣，殊清絕。按聖歎所著之文皆存於所批書中，其詩僅見隨園稱道一首。」劉繼莊《廣陽雜記》卷四，說蜀中山水之奇，後云：

「唱經堂於病中無端忽思成都，有詩云，卜肆垂簾新雨霽，酒壚眠客亂花飛，餘生得到成都去，肯為妻兒一灑衣。」

聖歎在《杜詩解》卷二注中自引一首，云：

「曾記幼年有一詩。營營共營營，情性易為工，留濕生螢火，張燈誘小蟲，笑啼兼飲食，來往自西東，不覺閒風日，居然頭白翁。此時思之，真為可笑。」

又聖歎內書《聖人千案》之第二十五中云：

「昔者聖歎亦有一詩。何處誰人玉笛聲，黃昏吹起徹三更，沙場半夜無窮淚，未到天明便散營。」但此一首亦在《沉吟樓借杜詩》中，為末第二首，題曰「聞笛」，未到作不得。我卻喜歡最末一首，以首二字為題曰「今春」：

今春刻意學龐公，
齋日閒居小閣中，
為汲清泉淘钵器，
卻逢小鳥吃青蟲。

瞿齋識語云，「唱經詩不一格，總之出入四唐，淵涵彼土，而要其大致實以老杜為歸。茲附刻《借杜詩》數章，豈惟虎賁貌似而已。」《借杜詩》只二十五首，然嘗鼎一臠，亦可知味矣，但劉袁二君所引不知又係何本，豈唱經堂詩文稿在那時尚有寫本流傳歟。

聖歎的散文現在的確只好到他所批書中去找了，在五大部才子書中卻也可找出好些文章來，雖然這工作是很不容易。我覺得他替東都施耐庵寫的《水滸傳》序最好，此外《水滸》《西廂》卷頭的大文向來有名，但我看《唐才子詩》卷一那些談詩的短札實在很好，在我個人覺得還比洋洋灑灑的大文更有意思。

《杜詩解》卷二，自《蕭八明府實處覓桃栽》至《蚤起》，以四絕一律合為一篇，說得很是別致，其中這段批語也是一首好文章：

「無量劫來，生死相續，無賢無愚，俱為妄想騙過。如漢高縱觀秦皇帝，喟然歎曰，大丈夫當如此矣。豈非一肚皮妄想，及後置酒未央，玉卮上壽，卻道，季與仲所就孰多？此時心滿意足，不過當日妄想圓成。陳涉輟耕壟上曰，富貴無相忘。此時妄想與漢高無別，到後為王沉沉，不過妄想略現。阮嗣宗登廣武觀劉項戰處曰，遂使孺子成名。亦是此一副肚腸，一副眼淚，後來身不遇時，托於沉冥以至於死，不過妄想消滅。或為帝王，或為草竊，或為酒徒，事或殊途，想同一轍。因憶為兒嬉戲時，老人見之，漫無文理，不知其心中無量經營，無邊籌畫，並非卒然徒然之事也。羊車竹馬，意中分明國王迎門擁篲，縣令負弩前驅。塵羹塗飯，意中分明盛饌變色，菜羹必祭。桐飛剪笏，榆落收錢，意中分明恭己垂裳，繞床阿堵。其為妄想，與前三人有何分別。」

又《蚤起》題下批語亦佳，可算作一篇小文，原詩首句「春來常蚤起」下注云：「此句蓋於未來發願如此，若作過後敘述，便索然無味，則下句所云幽事皆如富翁日記帳簿，俗子強作《小窗清記》惡札，不可不細心體貼。」讀之不禁微笑，我們於此窺見了一點聖歎個人的好惡，可知他雖然生於晚明卻總不是王百谷吳從先一流人也。

【附記一】

一兩個月前語堂來信，叫我談談金聖歎及李笠翁等人。這事大難，我不敢動手，因為關於文學的批評和爭論覺得不能勝任。日前得福慶居士來信云，「雨中無事，翻尋唱經堂稿為之歎息。講《離騷》之文只是殘稿，竟是殘了。莊騷馬杜待何如，可歎息也。」看了記起金長文序中所說的詩，便想關於聖歎死時的話略加調查，拉雜寫此，算是一篇文章，其實乃只幾段雜記而已。對於聖歎的文學主張不曾說著一字，原書具在，朋友們願意闡揚或歪曲之者完全自由，與不佞正是水米無干也。

買得日本刻《徐而庵詩話》一卷，蓋即《而庵說唐詩》，卷首有文化丁丑星岩居士梁緯跋云：「余獨於清人詩話得金聖歎徐而庵兩先生，其細論唐詩透徹骨髓，則則皆中今人之病，真為緊要之話。」星岩本名梁川孟緯，妻名紅蘭，皆以詩名。

六月八日記於北平。

【附記二】

閒步庵得《第四才子書》，有西泠趙時揖聲伯序；又貫華堂評選杜詩總識十餘則，多記聖歎事，今錄其七八九則於下：

「邵蘭雪（諱點）云，先生解杜詩時，自言有人從夢中語云，諸詩皆可說，唯不可說古詩十九首，先生遂以為戒。後因醉後縱談青青河畔草一章，未幾而絕筆矣。明夷輟講，青草符言，其數已前定也。

先生善畫，其真跡吳人士猶有藏者，故論畫獨得神理，如所評王宰山水圖及畫馬畫鶻諸篇，無怪其有異樣看法也。

先生飲酒，徹三四晝夜不醉，詼諧曼謔，座客從之，略無厭倦。偶有倦睡者，輒以新言醒之。不事生產，不修巾幅，談禪談道，仙仙然有出塵之致，殆以狂自好乎。余問邵悟非（諱然）先生之稱聖歎何義，曰，先生云，《論語》有兩喟然歎曰，在顏淵則為歎聖，在與點則為聖歎。此先生之自為狂也。」

趙晴園生聖歎同時，所言當較可信，廖柴舟著傳中說及古詩十九首與聖歎釋義，蓋即取諸此也。

七月二十五日又記。

醉餘隨筆

從友人處得見《國風》雜誌，登載洪允祥先生的《悲華經舍雜著》，其一為《醉餘隨筆》，據王詠麟氏跋謂係宣統年間在上海時所作。全書才二三十則，多明達之語，如其一云：

「韓柳並稱而柳較精博，一闢佛，一知佛之不可闢也。李杜並稱而李較空明，一每飯不忘君，一則篇篇說婦人與酒也。婦人與酒之為好詩料勝所謂君者多矣。」

洪君蓋學佛者，又性喜酒，故其言如此，雖似稍奇，卻亦大有理。韓愈的病在於熱中，無論是衛道或干祿，都是一樣。謝肇淛《五雜組》卷十三云：

「今人之教子讀書，不過取科第耳，其於立身行己不問也，故子弟往往有登膴仕而貪虐恣睢者，彼其心以為幼之受苦楚政為今日耳，志得意滿，不快其欲不止也。噫，非獨今也。韓文公有道之士也，訓子之詩有一為公與相潭潭府中居之句，而俗詩之勸世者又有書中自有黃金屋等語，語愈俚而見愈陋矣。」

盛大士《樸學齋筆記》卷七云：

「明鹿門茅氏論次古文，取唐宋八大家為作文之準的，……而韓之三上宰相應科目與時人諸書頗為識者所訾議，乃獨錄而存之。」

又云：

「昌黎與於襄陽書，盛誇其抱不世之才，卷舒不隨乎時，文武惟其所用，此真過情之譽也。而曰志存乎立功，事專乎報主，古人有言，請自隗始，又隱然以磊落奇偉之人自命矣。乃云愈今日惟朝夕芻米僕賃之資是急，不過費足下一朝之享而已，又何其志之小也。唐人以文字干謁，賢者亦不以為諱，但昌黎根柢六經傳世不朽之作後人不盡選讀，而反讀其干謁之文，何耶。」

講道統與干謁宰相，我看不出是兩件事來，謝盛二公未免所見不廣，乃欲強生分別，其實這裡邊只是一味煩躁，以此氣象，達固不是諸葛一流，窮也不是陶一路也。如謝氏言，似歆羡公相亦不甚妨礙其為有道之士，如盛氏言，又似被訾議的干謁文字亦可與根柢六經之作共存共榮，只是後人不要多選讀就行。

或者韓愈對於聖道的意識正確無疑，故言行不一致照例並不要緊亦未可知，我輩外人不能判斷，但由我主觀看去總之是滿身不快活，闢不闢佛倒還在其次，因為這也只是那煩躁之一種表示耳。

關於李杜，不佞雖並不謳歌杜甫之每飯不忘，卻不大喜歡李白，覺得他誇，雖然他的絕句我也是喜歡的。

這且按下不提，再說洪君的隨筆又有一則云：

「《甲申殉難錄》某公詩曰，愧無半策匡時難，只有一死答君恩。天醉曰，沒中用人死亦不濟事。然則怕死者是歟？天醉曰，要他勿怕死是要他拼命做事，不是要他一死便了事。」

此語極精。《顏氏學記》中亦有相似的話，卻沒有說得這樣徹透。近來常聽有人提倡文天祥陸秀夫的一死，叫大家要學他，這看值得天醉居士的一棒喝。

又一則云：

「去年遊西湖深處，入一破寺，見一僧負鋤歸，余揖之曰，階上冬瓜和尚要他何用？僧曰，只是吃的。曰，恐吃不下許多。曰，一頓吃一個飽。曰，和尚也要飽。曰，但求一飽，便是和尚。至今思之，此僧不俗。」

此僧與此居士真都不俗。十多年前曾在北京某處教員休息室中每週與洪君相

遇，惜不及共作冬瓜問答，真是失之交臂，至今展讀遺語，更覺得真真可惜也。（六月）

關於王韜

《扶桑遊記》三卷，王韜撰，明治十三年庚辰（一八八〇）東京栗本氏出版，鉛印竹紙，凡三冊。王氏以清光緒五年己卯（一八七九）春往日本，至秋歸上海，所記自閏三月初七日起至七月十五日止，凡一百二十八日，羅爾綱先生所見《東遊縞紵錄》蓋其一部分，即上半也。

黃公度作《日本雜事詩》成即在是年，《遊記》卷中四月二十二日致余元眉書中亦云，「此間黃公度參贊撰有《日本雜事詩》，不日付諸手民，此亦遊宦中一段佳話。」但他自己只是「日在花天酒地中作活，幾不知有人世事」，對於日本社會文化各方面別無一點關心。

在四月三十日條下有一節云：

「日東人士疑予於知命之年尚復好色，齒高而興不衰，豈中土名士從無不跌宕風流者乎。余笑謂之曰，信陵君醇酒美人，夫豈初心。鄙人之為人狂而不失於正，樂而不傷於淫，具國風好色之心，而有《離騷》美人之感，光明磊落，慷慨激昂，視貲財如土苴，以友朋為性命，生平無忤於人，無求於世，嗜酒好色，乃所以率性而行，流露天真也，如欲矯行飾節以求悅於庸流，吾弗為也。王安石囚首喪面以談詩書，而卒以亡宋，嚴分宜讀書鈐山堂十年，幾與冰雪比清，而終以僨明。當其能忍之時，偽也。世但知不好色之偽君子，而不知真好色之真豪傑，此真常人之見哉。」

他們這種名士派的才情本來我別無什麼意見，但是這篇辯解文章讀了覺得很不愉快，文情皆浮誇不實，其人至多可比袁子才，若李笠翁鄭板橋還是趕不上了。

在東京招待王氏的諸友人中有岡千仞者，於明治十七年甲申（一八八五）來中國遊歷，著有滬上蘇杭燕京粵南等日記共十卷，總稱「觀光紀遊」，於丙戌分三冊出版，其中有關於王氏的紀事可供參考。

卷四滬上日記九月八日條下云：

「訪紫詮，小酌。曰，余欲再遊貴邦，不復為前回狂態，得買書資則足矣。余笑曰，先生果能不復為故態乎。紫詮大笑。紫詮不屑繩墨局束，以古曠達士自處。李中堂曰，紫詮狂士也，名士也。六字真悉紫詮為人。」

卷一航滬日記六月八日條下云：

「過樂善堂，晚餐。吟香曰，紫詮數說頭痛，如不勝坐者，恐癮毒。」

又九日條下云：

「張經甫葛子源范蠡泉姚子讓來訪。談及洋煙流毒中土，余曰，聞紫詮近亦嗜洋煙。子源曰，洋煙盛行或由憤世之士借煙排一切無聊，非特誤庸愚小民，聰明士人亦往往嬰其毒。」此言王氏吸雅片，而辯護者又託辭於志士以此遣愁，此說最無聊，也極不可信。

信陵君的事我們不知道，若平常一文人或下第或罷官，便自以為宇宙間最大冤屈，沉溺於酒色，或並吸大煙，真者已可笑，假者無非飾詞縱欲耳。《晉書》記文帝欲為武帝求婚於阮籍，籍醉六十日，不得言而止，如此之事可謂不得已，但豈平常的人所能模仿。

卷七滬上再記十二月七日記在聚豐園與王紫詮晚餐事云：

「洋煙盛行，酒亭茶館皆無不具。曰，吃煙守度不必為害，其人往往保六七十壽。又曰，吃煙過度為癮，可畏，唯不受他病。此皆順為之辭者。」所云「曰」者，蓋皆紫詮之詞也。又二十三日與寺田望南訪紫詮，晚會於聚豐園，來者八九人：

「望南觀諸君就床吃洋煙，訝甚，曰洋煙果不可遏乎。紫詮曰，遏之極易。問之，笑曰，吃者殺之莫赦。又曰，洋煙何害，人固有以酒色致病而死者，以酒食之樂有甚於生者也，其死於煙毒何異死於酒色。此言雖戲有一理。」照這兩節看來，王氏的吃煙的態度更是明白，這已經不是排悶而完全為的是享樂了。

岡氏係王之舊友，弄詞章而又談經濟，對於中國的洋煙深惡痛絕，日記中屢見，乙酉一月二日記與望南參觀煙窟事云：「入室內，男女橫臥吃洋煙，顏無人色，為行僵屍間之思。一人熾炭，大釜煎物，惡臭滿室。望南問何物，曰製煙膏也。望南色然曰，此勝母裡，盍回車。」卷二蘇杭日記八月一日條下云：「余私謂非一洗煙毒與六經毒，中土之事無可下手。」則又決然下斷語，持與王紫詮的話相較，覺得此二遊記的著者蓋不可同日而語矣。岡氏所云六經毒，不獨指科舉制藝，並包括考據義理在內，可謂有識。王氏在同光之際幾為知識界的權威，但脫不去名士才子氣，似乎終於是一個清客，不過在太平之時專門幫閒，亂世則幫忙而已。

六月廿四日。

關於焚書坑儒

《雅笑》三卷，題李卓吾匯輯，蕫肇昌校訂並序。卷三有坑儒一則云：

「人皆知秦坑儒，而不知何以坑之。按衛宏《古文奇字序》，秦始皇密令人種瓜於驪山硎谷中溫處，瓜實成，使人上書曰瓜冬實。有詔下博士諸生說之，人人各異，則皆使往視之，而為伏機，諸儒生皆至，方相難不決，因發機從上填之以土，皆壓死。」眉批有云：

「秦始皇知瓜冬實儒者必多饒舌，豈非明王。」又云：

「儒者凡談說此等事原可厭，宜坑，秦始皇難其人耳。」這究意是否出於李卓吾之手本屬疑問，且不必說，但總是批得很妙，其痛惡儒生處令人舉雙手表同意也。

金聖歎批《西廂》《水滸》，時常拉出秀才來做呆鳥的代表，總說宜撲，也是同樣的意思，不過已經和平得多也幽默得多了。為什麼呢？秦之儒生本來就是明朝秀才的祖宗，他們都是做八股和五言八韻的朋友，得到賦得瓜冬實的好題目怎能不技癢，如或覺得可厭，「撲」也就很夠了，那麼大規模地伏機發機未免有點小題大做了。

秦始皇的小題大做也不只是坑儒這一件，焚書的辦法更是笨得可以。清初有曲江廖燕者，著《二十七松堂文集》十六卷，卷一有《明太祖論》是天下妙文，其中有云：「吾以為明太祖以制義取士與秦焚書之術無異，特明巧而秦拙耳，其欲愚天下之心則一也。」後又申言之曰：

「且彼烏知詩書之愚天下更甚也哉。詩書者為聰明才辨之所自出，而亦為耗其聰明才辨之具，況吾有爵祿以持其後，後有所圖而前有所耗，人日腐其心以趨吾法，不知為法所愚，天下之人無不盡愚於法之中，而吾可高拱而無為矣，尚安事焚之而殺之也哉。」又云：

「明制，士惟習四子書，兼通一經，試以八股，號為制義，中式者錄之。士以為爵祿所在，日夜竭精敝神以攻其業，自四書一經外咸束高閣，雖圖史滿前皆不暇目，以為妨吾之所為，於是天下之書不焚而自焚矣。非焚也，人不復讀，與焚無異也。」

我們讀了此文，深知道治天下愚黔首的法子是考八股第一，讀經次之，焚書坑儒最下。蓋考八股則必讀經，此外之書皆不復讀，即不焚而自焚，又人人皆做八股以求功名，思想自然統一醇正，尚安事殺之坑之哉。至於得到一題目，各用其得意之做法，或正做或反做，標新立異以爭勝，即所謂人人各異，那也是八股中應有之義，李卓吾以為討厭可也，金聖歎以為應撲亦可也，若明太祖與廖燕當必能諒解諸生的苦心而點頭微笑耳。

秦始皇立志欲愚黔首，看見儒生如此熱心於文章，正應歡喜獎勵，使完成八股之制義，立萬世之弘基，庶乎其可，今乃勃然大怒而坑殺之，不惟不仁之甚，抑亦不智之尤矣。中國臣民自古喜做八股，秦暴虐無道，焚書以絕八股的材料，坑儒以滅八股的作者，而斯文之運一厄，其後歷代雖用文章取士，終不得其法，至明太祖應天順人而立八股，至於今五百餘年風靡天下，流澤孔長焉。

破承起講那一套的八股為新黨所推倒，現在的確已經沒有了，但形式可滅而精神不死，此亦中國本位文化之一，可以誇示於世界者歟。

新黨推倒土八股，趕緊改做洋八股以及其他，其識時務之為俊傑耶，抑本能之自發，或國運之所趨耶。總之都是活該。諸君何不先讀熟一部《四書味根錄》，吾

願為新進作家進一言。（七月）

【附記】

《文飯小品》第六期上有施蟄存先生的《無相庵斷殘錄》，第五則云「八股文」，談及廖燕的文章，云《二十七松堂集》已有鉛印本，遂以銀六元買了回來。其實那日本文久二年（一八六二）的柏悅堂刊本還不至於「絕無僅有」，如張日麟的鉛印本序所說，我就有一部，是以日金二圓買得的。

名古屋的其中堂書店舊書目上幾乎每年都有此書，可知並不難得，大抵售價也總是金二圓，計書十冊，木板皮紙印，有九成新，恐怕還是近時印刷的。中國有好事家拿來石印用白紙裝訂，亦是佳事，賣價恐亦不必到六元吧。

十一月廿五日，校閱時記。

孫蕡絕命詩

清初梁維樞仿《世說新語》撰《玉劍尊聞》十卷，卷七傷逝類下有一則云：

「孫蕡為藍玉題畫坐誅，臨刑口占曰，鼉鼓三聲急，西山日又斜，黃泉無客舍，今夜宿誰家。」

日本詩集《懷風藻》卷首錄大津皇子作四首，其臨終一絕云：

「金烏臨西舍，鼓聲催短命。泉路無賓主，此夕誰家向。」

二詩用意幾全相同。案藍玉被誅在洪武二十六年，即西曆一三九三年，大津皇子於朱鳥元年賜死，當唐中宗嗣聖三年，即西曆六六六年也。

《懷風藻》有大津皇子小傳云：

「皇子者淨御原帝之長子也，狀貌魁梧，器宇峻遠，幼年好學，博覽而能屬文，及壯愛武，多力而能擊劍。性頗放蕩，不拘法度，降節禮士，由是人多附托。

時有新羅僧行心解天文卜筮，詔皇子曰，太子骨法不是人臣之相，以此久在下位，恐不全身。因進逆謀，迷此詿誤，遂圖不軌，嗚呼惜哉。蘊彼良才，不以忠孝保身，近此奸豎，卒以戮辱自終。古人慎交遊之意，因以深哉。時年二十四。」

《日本書紀》云：「皇子大津及長辨有才學，尤愛文筆，詩賦之興自大津始也。」其後紀淑望在《古今和歌集》序中亦云，「大津皇子始作詩賦。」《書記》成於養老四年，當唐玄宗開元八年，即西曆七二〇年，所言當有所據。

《懷風藻》序題天平勝寶三年，當玄宗天寶十年，即西曆七五一年，則列大津第三，其上尚有大友皇子河島皇子二人，序中敘天智天皇時云：

「旋招文學之士，時開置醴之遊，當此之際，宸翰垂文，賢臣獻頌，雕章麗筆，非唯百篇，但時經亂離，悉從煨燼，言念湮滅，軫悼傷懷。」

大友河島均天智天皇子，大友嗣位，會壬申亂作被害，天武天皇代之而立，大津則天武子也。林羅山文集載《懷風藻》跋云：

「本朝之文集者，《懷風藻》蓋其權輿乎，誠是片言隻字足比拱璧鎰金也。雖紀淑望之博洽，稱大津皇子始作詞賦，而今《懷風藻》載大友皇子詩於大津上，然則大友先大津必矣。」

《大日本史》亦云：「天皇（案弘文天皇，即大友皇子）崩時，大津皇子年僅十歲，天皇之言詩先大津可知矣。」這所說的話大抵是不錯的，天智時代詩賦或者已很發達，因為壬申之亂卻悉毀滅，一方面大津皇子或者也確有才華，可以當作那時代的首領亦未可知，雖然在《懷風藻》所錄的四首裡也看不出來。但是，臨終一絕總是很特別的東西。

《懷風藻》一卷共詩百十六首，以侍宴從駕與燕集遊覽占大多數，臨終之作只有一首，而這正是大津皇子的。

釋清潭在《懷風藻新釋》中云，雖是平平之語，卻哀哀之極。在此八十年間六十四人中，大津皇子即非首出的詩人，亦終是最有特色的一個了。他的辭世詩在七百年後不意又在南京出現，可謂奇絕。我們仔細思索，覺得可以想出一個解釋，這正如金聖歎臨刑的家信一樣，可以說是應有而未必實有的。這當然是屬於傳說部類，雖然其真實性與歷史有殊，其在文藝上的興味卻並無變動，往往反是有增而無減也。

（七月）

【附記】

十月三十一日上海《立報》載大佛君的《近人筆記中幾筆糊塗賬》，末一節云：「近日某君記湖南名士葉德輝絕筆詩，謂葉在臨刑時索筆紙寫五言一絕，詩為慢擂三通鼓，西望夕陽斜，黃泉無客店，今夜宿誰家。此亦張冠李戴者歟。蓋葉以農運方興，稻粱粟麥黍稷，雜種出世；會場擴大，馬牛羊雞犬豕，六畜成群一聯賈禍，則為事實。至於上述詩有謂係金聖歎臨刑之口占，有謂係徐文長所作，雖不知究出何人手筆，但成在葉氏之前則可無疑，況此詩又並未見佳也。」

此與孫詩甚相似，唯又說是葉大先生作，則又遲了五百年了。徐文長金聖歎二說未曾聽過，存記於此，以廣異聞。

廿四年十一月三日記於北平。

煮藥漫抄

永井荷風隨筆集《冬天的蠅》中有一篇文章，題曰「十九歲的秋天」，記明治三十年（一八九七）他十九歲時住上海的事，末題甲戌十月記，則已是五十七歲了。

起首處云：

「就近年新聞紙上所報導的看去，東亞的風雲益急，日華同文的邦家也似乎無暇再訂善鄰之誼了。想起在十九歲的秋天我曾跟了父母去遊上海的事情，真是恍有隔世之感。

在小時候，我記得父親的書齋和客房的壁龕中掛著何如璋葉松石王漆園這些清朝人所寫的字幅。蓋父親喜歡唐宋的詩文，很早就與華人訂文墨之交也。

何如璋是清國的公使，從明治十年（一八七七）頃起，很久的駐紮在東京。

葉松石也是在那時候被招聘為外國語學校教授的最早的一個人，曾經一度歸國，後再來遊，病死於大阪。遺稿《煮藥漫抄》的頭上載有詩人小野湖山所作的略傳。

每年到了院子裡的梅花將要散落的時候，客房的壁龕裡一定掛起何如璋揮毫的東坡的絕句，所以到了老耄的今日，我也還能暗誦左記的二十八字。

梨花淺白柳深青
柳絮飛時花滿城
惆悵東欄一樹雪
人生看得幾清明

何如璋這人大約很見重於明治的儒者文人之間，在那時候刊行的日本人的詩文集裡，幾乎沒有不載何氏的題字或序以及評語的。」

《煮藥漫抄》我很有運氣得到了兩本，雖然板本原是一個，不過一是白紙一是黃紙印的罷了。

此書刻於光緒十七年（一八九一），去今不遠，或者傳布不多，故頗少見。書凡兩卷，著者葉煒號松石，嘉興人。同治甲戌（一八七四）受日本文部省之聘，至東京外國語學校為漢文教師，時為明治七年，還在中國派遣公使之前。光緒六年庚辰（一八八〇）夏重遊日本，滯大阪十閱月，辛巳莫春再客西京，忽患咯血，病中錄詩話，名之曰「煮藥漫抄」者紀實也。小野湖山序之云：「余向聞其嬰病，心竊憫之。頃者福原公亮寄示《煮藥閒抄》一冊云：是松石病中所錄，以病不癒去，臨去以屬余者，海濤萬里，其生死未可知，子其序之。余見書名愴然，讀小引益悲，因思公亮之言則復不勝潸然也。」

據此可知荷風所云病死於大阪的話不確，卷末松石識語時在乙酉（一八八五），前有朱百遂庚寅（一八九〇）序，松石正在江寧，「隱於下僚」也。松石以詩人東遊，比黃公度還早三年，乃《漫抄》中了不說及日本風物，只有一二人名而已。

湖山翁敘其再來時事云，「流寓平安浪華間，身外所齎，破硯殘毫耳。」今閱詩話，不免惜其稍辜負此筆硯，未能如黃君之多拾取一點詩料回來也。

何如璋是中國派赴日本的第一任使臣，黃公度就是跟了他做隨員去的。《日本雜事詩》後有石川英的跋，其一節云：

「今上明治天皇十年（光緒三年）大清議報聘，凡漢學家皆企踵相望，而翰林院侍講何公實膺大使任。入境以來，執經者問字者乞詩者，戶外屨滿，肩趾相接，果人人得其意而去。」荷風所云見重於儒者文人之間大約也是事實。但是前後不過七八年，情形便大不相同了。

光緒十年甲申（一八八四）中法之役，何如璋在福建與其事，岡千仞在滬上日記（《觀光紀遊》卷四）中紀之曰：

「八月廿八日曾根俊虎來，曰明日乘天城艦觀福州戰跡，因托木村信卿所囑書柬寄何子峨。信卿坐為子峨製日本地圖下獄，冤白日子峨已西歸，故囑余致意子峨。何意此戰子峨管造船局，當戰發狼狽奔竄，為物論之所外。人間禍福，何常之有，為之慨然。」

又曰：

「九月十八日聞曾根氏歸自福州，往見問戰事。曰，法將孤拔將六艦進戰，次將利士卑將五艦在後策應，事出匆卒，萬炮雷發，中兵不遑一發炮，死傷千百，二將奏全捷，徐徐率諸艦出海口。戰後二旬，海面死屍無一檢收者，洋人見之曰，殆無國政也。問何子峨，曰，造船局兵火蕩然，見子峨於一舍，顏無人色。其棄局而遁，有官金三十萬，為潰兵所攫去，其漫無紀律概類是。」

文人本來只能做詩文，一出手去弄政事軍務，鮮不一敗塗地者。岳飛有言，天下太平要文官不愛錢，武官不怕死。我覺得現在的病卻是在於武人談文，文人講武。武人高唱讀經固無異於用《孝經》退賊，文人喜紙上談兵，而腦袋瓜兒裡只有南渡一策，豈不更為何子峨所笑乎。

（七月）

劉青園常談

近來隨便翻閱前人筆記，大抵以清朝人為主，別無什麼目的，只是想多知道一點事情罷了。郭柏蒼著《竹間十日話》序云：

「十日之話閱者可一日而畢，閱者不煩，苟欲取一二事以訂證則甚為寶重，凡說部皆如此。藥方至小也，可以已疾。開券有益，後人以一日之功可聞前人十日之話，勝於閒坐圍棋揮汗觀劇矣。計一生閒坐圍棋揮汗觀劇，不止十日也。蒼生平不圍棋不觀劇，以圍棋之功看山水，坐者未起，遊者歸矣。以觀劇之功看雜著，半晌已數十事矣。」

這一節話說得極好。我也是不會圍棋的，劇也已有三十年不觀了，我想勻出這種一點工夫來看筆記，希望得到開卷之益，可是成績不大好，往往呆看了大半天，正如舊友某氏說，只看了一個該死。

我的要求本來或者未免稍苛亦未可知，我計較他們的質，又要估量他們的文。所以結果是談考據的失之枯燥，講義理的流於迂腐，傳奇志異的有兩路，風流者浮誕，勸戒者荒謬，至於文章寫得乾淨，每則可以自成一篇小文者，尤其不可多得。

我真覺得奇怪，何以中國文人這樣喜歡講那一套老話，如甘蔗滓的一嚼再嚼，還有那麼好的滋味。最顯著的一例是關於所謂逆婦變豬這類的紀事。在阮元的《廣陵詩事》卷九中有這樣的一則云：

「寶應成安若康保《皖遊集》載太平寺中一家現婦人足，弓樣宛然，同遊詫為異，余笑而解之曰，此必妒婦後身也，人彘之冤今得平反矣，因成一律，以『偶見』命題云。憶元幼時聞林庚泉云，曾見某處一婦不孝其姑遭雷擊，身變為彘，唯頭為人，後腳猶弓樣焉，越年余復為雷殛死。始意為不經之談，今見安若此詩，覺天地之大事變之奇，真難於恆情度也。惜安若不向寺僧究其故而書之。」

阮雲臺本非俗物，於考據詞章之學也有成就，乃喜記錄此等惡濫故事，殊不可解，且當初不信林庚泉，而後來忽信成安若以至不知為誰之寺僧，尤為可笑。世上不乏妄人，編造《坐花志果》等書，災梨禍棗，汗牛充棟，幾可自成一庫，則亦聽之而已，雷塘庵主奈何也落此窠臼耶。

中國人雖說是歷來受儒家的薰陶，可是實在不能達到「未能事人焉能事鬼」的態度，一面固然還是「未知生」，一面對於所謂臘月二十八的問題卻又很關心，於是就參照了眼前的君主專制制度建設起一個冥司來，以寄託其一切的希望與喜懼。

這是大眾的意志，讀書人原是其中的一分子，自然是同感的，卻要保留他們的優越，去拿出古人說的本不合理的「神道設教」的一句話來做解說，於是士大夫的神學也就成立了。

民間自有不成文的神話與儀式，成文的則有《玉曆鈔傳》，《陰騭文》，《感應篇》，《功過格》，這在讀書人的書桌上都是與孔教的經有並列的資格的。照這個情形看來，中國文人思想之受神道教的支配正是不足怪的事情，不過有些傑出的人於此也還不能免俗，令人覺得可惜，因此他們所記的這好些東西只能供給我們作材料，去考證他們的信仰，卻不足供我們的玩味欣賞了。

對於鬼神報應等的意見，我覺得劉青園的要算頂好。青園名玉書，漢軍正藍旗，故書署遼陽玉書，生於乾隆三十二年（一七六七），所著有《青園詩草》四卷，《常談》四卷，行於世。《常談》卷一有云：

「鬼神奇蹟不止匹夫匹婦言之鑿鑿，士紳亦嘗及之。唯余風塵斯世未能一見，殊不可解。或因才不足以為惡，故無鬼物侵陵，德不足以為善，亦無神靈呵護。平庸坦率，無所短長，眼界固宜如此。」又云：

「言有鬼言無鬼，兩意原不相背，何必致疑。蓋有鬼者指古人論鬼神之理言，無鬼者指今人論鬼神之事言。」

這個說法頗妙。劉本係儒家，反釋道而不敢議周孔，故其說鬼神云於理可有而於事則必無也。

又卷三云：「余家世不談鬼狐妖怪事，故幼兒輩曾不畏鬼，非不畏，不知其可畏也。知狐狸，不知狐仙。知毒蟲惡獸盜賊之傷人，不知妖魅之祟人，亦曾無鬼附人之事。又不知說夢占夢詳夢等事。」

又一則列舉其所信，有云：

「信祭鬼神宜誠敬，不信鬼神能監察人事。信西方有人其號為佛，不信佛與我有何干涉。信聖賢教人以倫常，不信聖賢教人以詩文。信醫藥可治病，不信靈丹可長生。信擇地以安親，不信風水能福子孫。信相法可辨賢愚邪正，不信面目能見富貴功名。信死亡之氣癘疫之氣觸人成疾，不信殃煞撲人疫鬼祟人。信陰陽和燥濕通蓄泄有時為養，不信精氣閉涸人事斷絕為道。信活潑為生機，不信枯寂為保固。信祭祀祖先為報本追遠，不信冥中必待人間財物為用。似此之類不一而足，憶及者志之，是非亦不問人，亦不期人必宜如此。」

此兩則清朗通達，是儒家最好的境地，正如高駿烈序文中所說，「使非行己昭焯，入理堅深，事變周知，智識超曠，何以及此」，不算過譽，其實亦只是懂得人情物理耳，雖然他攻異端時往往太有儒教徒氣，如主張將「必願為僧者呈明盡宮之」，也覺得幼稚可笑。

卷三又論闈中果報云：

「鄉會兩闈，其間或有病者瘋者亡者縊者刎者，士子每惑於鬼神報復相駭異。余謂此無足怪。人至萬眾，何事不有，其故非一，概論之皆名利縈心，得失為患耳。當其時默對諸題，文不得意，自顧絕無中理，則百慮生焉，或慮貧不能歸，或憂饑寒無告，或懼父兄譴責，或恥親朋訕笑，或債負追逼，或被人欺騙，種種慮念皆足以致愚夫之短見，而風寒勞瘁病亡更常情也，惡足怪。若謂冤鬼纏擾，宿孽追尋，何時不可，而必俟場期耶。倘其人不試，將置沉冤於不問乎。此理易知，又何疑焉。人每津津談異，或以警士子之無行者，然亦下乘矣。猶憶己酉夏士子數人肄業寺中，談某家閨閫事甚媟，一士搖手急止之曰，不可不可，場期已近，且戒口過，俟中後再談何害。噫，士習如此，其學可知。」

在「鄉闈紀異」這類題目的故事或單行本盛行的時候，能夠有如此明通的議論，雖然不過是常識，卻也正是卓識了。

卷一又有一則，論古今說鬼之異同，也是我所喜歡的小文：

「說鬼者代不乏人，其善說者唯左氏晦翁東坡及國朝蒲留仙紀曉嵐耳，第考其旨趣頗不相類。蓋左氏因事以及鬼，其意不在鬼。晦翁說之以理，略其情狀。東坡晚年厭聞時事，強人說鬼，以鬼自晦者也。蒲留仙文致多辭，殊生鬼趣，以鬼為戲者也。唯曉嵐旁徵遠引，勸善警惡，所謂以鬼道設教，以補禮法所不足，王法所不及者，可謂善矣，第搢紳先生夙為人望，斯言一出，只恐釋黃巫覡九幽十八獄之說藉此得為口實矣。」

以鬼道設教，既有益於人心世道，儒者宜讚許之，但他終致不滿，這也是他的長處，至少總是一個不夾雜道士氣的儒家，其純粹處可取也。

又卷三有一則云：

「余巷外即通衢，地名江米巷，車馬絡繹不絕。乾隆年間有重車過轍，忽陷其輪，啟視之，井也，蓋久閉者，因負重石折而復現焉。里人因而汲飲，亦無他異，而遠近好事者遂神其說，言龍見者，言出云者，言妖匿者，言中毒者，有窺探者，傾聽者，驚怪者，紛紛不已。余之相識亦時來詢訪，卻之不能，辨之不信，聒噪數月始漸息。甚矣，俗之尚邪，無怪其易惑也。」

此事寫得很幽默，許多談異志怪的先生們都受了一番奚落，而阮雲台亦在其中，想起來真可發一笑。

七月十八日於北平。

柿子的種子

寺田寅彥是日本現今的理學博士，物理學專家，但是，他原是夏目漱石的學生，又是做俳句寫小文的，著有《藪柑子集》等幾種文集。本來科學家而兼弄文學的人世間多有，並不怎麼奇特，關於寺田卻有一段故事，引起我的注意。

據說在夏目的小說《我是貓》裡有寺田描寫在那裡，這就是那磨玻璃球的理學士水島寒月。《貓》裡主客三人最是重要，即寒月，美學者迷亭，主人苦沙彌，他們只要一出臺，場面便不寂寞。

我們不會把小說當作史傳去讀，所以即使熟讀了《貓》也不能就算瞭解藪柑子的生涯，但不知怎地總因此覺得有點面善，至少特別有些興趣。

寺田的隨筆我最近看到的是一冊《柿子的種子》，都是在俳句雜誌《澀柿》上登過的小文，短的不到百字，長的也只五百字左右。計算起來，現在距離在「保登登幾鬚」（雜誌名，意云子規，夏目的《貓》即載其中）做寫生文的時候已經有三十年了，寒月當時無論怎樣有飄逸之氣，於今未必多有留餘了吧。他在末尾一篇《說小文》中說：

「假如那學生讀了《藪柑子集》，從這內容上自然可以想像出來的昔時年青的藪柑子君的面影，再將現在這裡吸著鼻涕涉獵《性的犯罪考》的今已年老的自己的樣子，對照了看，覺得很是滑稽，也略有點兒寂寞。」

但是葉松石在所著《煮藥漫抄》中說得好：

「少年愛綺麗，壯年愛豪放，中年愛簡練，老年愛淡遠。」雖然原是說詩，可通於論文與人。若在俳人，更不必說。其或淡或澀，蓋當然矣。

「托了無線電放送的福，我初次得到聽見安來節和八木節這些歌曲的機會。

這在熱鬧之中含有暗淡的絕望的悲哀。

我不知道為什麼連想起霜夜街頭洋油燈的火光來。（案此係指地攤上所點的無玻璃罩的洋鐵煤油燈。）

但是，無論怎麼說，此等民謠總是從日本的地底下發出來的吾輩祖先之聲也。

看不見唱歌的人的模樣，單聽見從擴音機中出來的聲音，更切實地感到這樣的感覺。

我覺得我們到底還得拋棄了貝多汶和特比西，非再從新的從這祖先之聲出發不可吧。」

這是寺田的隨筆之一。他在日本別無政治關係，所以不必故作國粹的論調，此蓋其所切實感到的印象歟。別的我不甚清楚，但所云民謠是從地底下發出來的祖先之聲，而這裡又都含有暗淡的絕望的悲哀，我覺得很是不錯。

永井荷風在《江戶藝術論》中論木板畫的色彩云：

「這暗示出那樣暗黑時代的恐怖與悲哀與疲勞，在這一點上我覺得正如聞娼婦啜泣的微聲，深不能忘記那悲苦無告的色調。」正可互相發明。

不但此也，就是一般尚武的音曲表面雖是殺伐之音，內裡還是蘊藏著同樣的悲哀，此正是不大悖人情處，若叫囂恣肆者蓋亦有之，但這只是一種廣告樂隊，是否能深入民間大是疑問也。

隨筆文有一則云：

「在《聊齋志異》裡到處有自稱是狐所化的女人出現。

但是在許多地方這些只是自己招承是狐而已，大抵終於未曾顯出狐的真形來。

假如在她們舉動的什麼地方即使有些神異之點，但這或者只在為多智慧的美女所迷的忠厚老實的男子眼裡看去才見得如此，這樣地解釋一下，許多事情也就可以自然瞭解了。

雖然如此，在此書裡表現出來的支那民族中，有所謂狐這超自然的東西曾經確實地存在，不，恐怕現今也還仍舊存在著，那是無疑的了。

這在某種意味上不得不算是可以歆羨的事。

至少，假如不是如此，這部書裡的美的東西大半就要消滅了也。」

《聊齋》善說狐鬼，讀者又大抵喜狐勝於鬼，蓋雖是遐想而懷抱中亦覺冰森有鬼氣，四條腿的阿紫總是活的乎，此理未能參透，姑代說明之如此。

日本俗信中亦有狐，但與中國稍不同。中國在東南故鄉則無狐，只知有果子狸之屬，在北京有狐矣，但亦不聽見人說如《聊齋》所志者，不然，新聞記者甚多，有不錄而公諸同好者耶。由此可知狐這超自然的東西在中日均有，大同而小異，在《聊齋》者則是《聊齋》所獨有，文人學士讀了此書心目中遂有此等狐的影像，平民之不讀書或不知遐想者仍不足與語此也。

《聊齋》寫狐女，無論是狐而女或是女而狐，所寫還只是女人，不過如自稱是狐所化的女人一樣，借了這狐的幌子使得這事情更迷離惝怳一點，以顛倒那忠厚老實的男子的心目而已，至於狐這東西終於沒有寫出，實在亦寫不出也。何也？方為其為女人也，女人之外豈復有他。若其未超自然時則即是綏綏然狐也，欲知其情狀自非去問山中之老獵人不可矣。

清劉青園在所著隨筆《常談》卷一中有一則，可資參考，今抄錄於後：

「邊塞人以鳥銃弓矢為耒耜，以田獵剝割為耕耨，以猛虎貪狼狡兔黠狐為菽粟，以絕高陵深林茂草為膏壤，平生不言妖異，亦未聞因妖異僨事者。余曾與三省人談，問其所獵皆何等禽，答曰，難言也，自人而外凡屬動物未有不以矢銃相加者，雖世傳所謂麟鳳之屬尚不能以倖免，況牛鬼蛇神几上肉乎。余首肯曰，亦人傑也。」

（七月廿六日）

如夢錄

友人從開封來，送我河南官書局所刻的幾種書，其中我所最喜歡的是一冊無名氏的《如夢錄》。這是一個明末的遺老所撰，記錄汴梁鼎盛時情景，猶宋遺民之著《夢華》《夢粱》也，向無刻本，至咸豐二年（一八五二）汴人常茂徠始據裴氏藏本參訂付梓，民國十年重刊，即此書也。本來這是很好的事，所可惜的是編訂的人過於求雅正，反而失掉了原書不少的好處。如常氏序中云：

「且錄中語多鄙俚，類皆委巷秕稗小說，荒誕無稽，為文人學士所吐棄。如言繁塔為龍撮去半截，吹台是一婦人首帕包土一拋所成，北關王赴臨埠集賣泥馬，相國寺大門下金剛被咬臍郎縊死背膊上，唬金剛黑夜逃出北門，諸如此類，僂指難數，讀之實堪捧腹。」因此根據了他「於其悠謬繁蕪者節刪之」的編例便一律除掉了，這實在是很可惜的。

那些貴重的傳說資料可以說是雖百金亦不易的，本已好好地紀錄在書上了，卻無端地被一刀削掉，真真是暴殄天物。假如這未經筆削的抄本還有地方可找，我倒很想設法找來一讀，至少來抄錄這些被刪的民間傳說，也是一件值得做的工作。

話雖如此，現行本的《如夢錄》裡卻也還有許多好材料，而且原著者的「俚言」雖然經過潤色，到底是改不勝改，還隨處保留著質樸的色味，讀時覺得很是愉快。其《試院紀》一篇講鄉試情形甚詳，今錄一節云：

「至日，按院在三門上坐點名，士子入場，散題。次日辰時放飯。大米飯，細粉湯，竹籮盛飯，木桶盛湯。飯旗二面前走，湯飯隨後，自西過東，由至公堂前抬走。正行之際，曉事吏跪稟老爺抽飯嘗湯，遂各盛一碗，按院親嘗可用始令放行。至月臺下，一旗入西文場，一旗入東文場，至二門，二旗交過堂上，一聲梆子響，各飯入號，散與士子食用。次放老軍飯，俱是小米飯冬瓜湯，一樣散法，按院不復嘗。午間散餅果，向晚散蠟燭。」

這不但可以考見那時情形，文章也實在寫得不壞。《街市紀》文最長，幾占全書之半，是最重要的部分，講到封邱王府，云封邱絕後改為魏忠賢祠，忠賢勢敗，火急拆毀。注引《大梁野乘》云：

「河南為魏璫建祠，樹旌曰崇德報功。興工破土，諸當事者咸往祭告，獨提學曹履吉仰視長歎，稱病不去拜。力役日千人，晝夜無息。當砌脊時，督工某大參以匠役張三不預稟以紅氍毹包裹上獸而俟展拜，怒加責懲，蓋借上獸阿奉為上壽也。工未畢，即拆毀，督工某急令先搬獸擲下，三忽跪稟曰，討紅氍毹裹下獸以便展拜。督工者身水復怒責之。或謂三多言取責，三曰，吾臀雖苦楚，彼督工者面皮不知幾回熱矣。」

注蓋係常氏所為，但所引事卻很有意思，是極好「幽默」，不但督工者是官僚代表，即張三亦可以代表民間，一熱其面，一苦其臀，而汴梁之陸沉亦終不能免，此正是沉痛的一種「低級趣味」歟。

（七月廿日）

拜環堂尺牘

偶然得到《拜環堂文集》殘本一冊，會稽陶崇道著，存卷四卷五兩卷，都是尺牘，大約是崇禎末刻本。我買這本破書固然是由於鄉曲之見，一半也因為他是尺牘，心想比別的文章當較可觀，而且篇數自然也多，雖然這種意思未免有點近於買蘿蔔白菜。

看信裡所說，似乎在天啟時做御史，忤魏忠賢落職，崇禎中再起，在兵部及湖廣兩地方做官，在兩篇尺牘裡說起「石簣先叔」，可以知道他是陶望齡的堂侄，但是他的運氣似乎比老叔還要好一點，因為遍查海寧陳氏所編的《禁書總錄》不曾看見這部集名，在這裡邊講到「奴虜」的地方實在卻並不少。

陶路叔的文章本來也寫得頗好，但是我們看了第一引起注意的乃是所說明末的兵與虜的情形。這裡可以抄引一二，如卷四覆李茂明尚書云：

「天下難題至京營而極矣，亂如棼絲，兼投之荊棘叢中，敗爛如腐船，又沉入汪洋海底，自國朝來幾人能取而整理之。是何一入老公祖手不數月，聲色不動，談笑自若，而條理井然。去備兵營，掘狐狸之窟也，窟不難掘，而難於群狐之不號。以糧定軍，如桶有箍，乃今片板不能增入矣。而糧票以營為據，不聚蟻而聚羊肉，蟻將安往。又禁充發之弊，諸竇杜盡矣。」

又與陸鳳台尚書云：

「京師十月二十七日已後事想已洞悉。京軍十萬，如塵羹土飯，堪擺不堪嚼。當事者恐攖聖人怒，欲以半為戰半為守，弟輩堅執不可，始作乘城之計。弟又謂乘城無別法，全恃火器，而能火器者百不得一。」此蓋指崇禎十一年（一六三八）事也。

又與黃鶴嶺御史云：

「國家七八年不用兵，持戟之士化為弱女。今雖暫遠都城，而永平遵化非復我有，所恃無恐惟高皇帝在天之靈耳。」

卷五與馬大將軍云：

「虜騎漸北，志在遁逃。但飽載而歸，不特目今無顏面，而將來輕視中國益復可虞。目下援兵雖四集，為鼠者多，為虎者少。」

又卷四答文太青光祿云：

「虜之蟠踞原非本心，無奈叛臣扣其馬首，使不得前。此番之去謂之生於厭則可，謂之生於畏則不可。」

覆李茂明尚書更簡明地說道：

「城自完，以高皇帝之靈而完，非有能完之者。虜自去，以厭所欲而去，非有能去之者。」

卷四答荊璞岩戶部云：

「奉教時尚未聞虜耗也，一變而至此，較之庚戌（一六一〇）其時十倍，其破城毀邑則百倍，而我師死於鋒鏑之下者亦百倍。內愈久而愈糜，外愈久而愈悍，中國之長技已見，犬羊之願欲益奢，此後真不知所稅駕矣。弟分轄東直門，正當虜衝，易章縫為韐，餐星寢露者四旬，今日始聞酋旌北指，或者奴亦厭兵乎。」

又一書蓋在一年後，全文云：

「記東直門答手教時五指欲墮，今且執拂驅暑矣。日月洶易邁，然虜不以客自處，我亦不以客處虜，任其以永遵作臥榻而鼾臥自如。朝士作高奇語，則轟然是之，作平實語則共詆以為恇怯。不知河水合後亦能如此支吾否？而司馬門庭幾同兒戲，弟言無靈，止付長歎，想台臺所共嗟也。」

高奇語即今所謂高調，可見此種情形在三百年前已然。

又有致毛帥（文龍）一書，說的更淋漓盡致，今錄其一部分於下：

「當奴之初起也，彼密我疏，彼狡我拙，彼合我離，彼捷我鈍，種種皆非敵手，及開鐵一陷，不言守而言戰，不言戰而且言剿。正如衰敗大戶仍先世余休，久駕人上，鄰居小民窺見室中虛實，故來挑搆，一不勝而怒目張牙，詫為怪事，必欲盡力懲治之。一舉不勝，牆垣戶牖盡為摧毀，然後緊閉門扇，面面相覷，各各相識。」

這一個譬喻很有點兒辛辣，彷彿就是現今的中國人聽了也要落耳朵吧。

以上所說的抗清的一方面，另外還有投清的即上文所謂扣其馬首的一方面。卷四與梅長公巡撫云：

「虜踞遵永未必無歸志，奈衿紳從叛者入胡則有集枯之虞，舍胡則有赤族之患，所以牽纏不割耳。」又與陸鳳台尚書云：

「世廟虜警，其來其去不越十六日。奴初闌入時舉朝雖皇皇，料其不能久居，亦或與庚戌等，孰意蟠踞至此。總之白養粹等去中國則為亡虜，不去中國即得赤族，此所以牽挽不舍耳。」

又通傳元軒本兵云：

「奴虜披猖，闌入內地，我以七八十年不知兵之將卒當之，不特彼虎我羊，抑且羊俱附虎，如永遵二郡上自縉紳下及走卒，甘心剪髮，女請為妾，子願稱臣，牽挽不放胡騎北去者四越月於茲，言之真可痛心，想老公祖亦不禁其髮之欲豎也。」

陶路叔的文章不知道說他是哪一派好，大抵像王謔庵而較少一點古怪吧。在這兩卷尺牘裡就有好些妙語，如卷四通張葆一巡撫云：

「弟處此譬之老女欲與群少年鬥脂競粉，不特粗眉不堪細畫，亦覺宿酒不比新。高明何以教之？」

又與張人林年丈，說家叔榮齡領鄉薦後不得意，在睦州做廣文先生，有云：

「壽昌在睦州，猶身中之尻，不特聲名文物兩浙所絕無，即鹵莧赤米不可幸致。日者攜其眷屬往，不一月而紛紛告歸，如逃寇然。」

卷五答鄒九一年兄云：

「某五年俗吏，當奇荒之後，扶餓莩之頸而求其生不得，益覺宦途滋味淡如冰雪。」又答許芳谷撫臺云：

「猶憶為兒時從先祖於貴署，東偏書室前荔枝石大如魚舟，後園垂柏高可十尋，不識至今在否。江右諸事約略如淺灘船獨木橋，苦無轉身地，不知粵西何如也。」

這些文字都寫得不壞，自有一種風趣，卻又不落入窠臼，以致求新反陳，如王百谷之流那樣。

書中又有兩封信全篇均佳，卷一與天臺山文心大師云：

「山中別時覺胸中口中有無數唱和語，而一抵家隻字全無，甚哉有家之累也。蓴菜越人以此味壓江南，乃天臺亦產之，鶴背上又帶出許多來，益惹妒矣。尊作細玩字字清冷，序語不敢辭，或合諸刻匯成一集，抑散珠片金，且零星現露耶，便中幸示之。日者所惠藤杖被相知者持去，又見所造葉笠甚佳，敢乞此二物以為山行勝具，不以我為貪否？一笑。」

卷五與王遂東工部云：

「江右相聞後至今又三載，榮俸及瓜，嬌鶯尚坐故枝，何也？荊去家四千里，去留都三千里，與翁台隔越遂同化外。小兒書來云，輸金大邀寬政，眥謁之下飲以羅綺，濃情眷眼俱出格外，弟何施而受此賜，感謝感謝。拙剃不禁遭連鬢鬍，荊南何地，有舊藩又有新藩，有水客又有陸客，有部使又有內使，舊江陵一血手濺及弟衣，遂欲與之共浣，鑑湖味如蜜，欲嘗不可，奈之何哉。徐善伯差滿將行，喜吳金堂為之繼，尚有故鄉聲氣，不然幾孤另煞也。茲遣視小兒，手勒附謝。小兒質弱，即試未必售，山妻臥病，家間乏人，意欲稍傍宮牆即令還里，當事者倘加羈絏，猶望翁台一言松之也，並懇。」

此信係寄謔庵的，說也奇怪，文字也有點像《文飯小品》中物了。剃髮匠怕連鬢鬍原是俗語，至今還有這句話，遂欲與之共浣云云乃點不好句讀，究竟不知道是共浣鑑湖呢，還是鑑湖味如蜜，無論如何總覺得不大容易懂。

這兩卷書百三十六頁中有不少好文章好材料，很值得把他抄出來，若是照舊小說的說法，恐怕還會在夢裡看見有人紅袍紗帽來拜呢。但是，陶路叔生於明季，亂談國事，居然無妨，而且清朝也沒有找到他，列入禁書，這全是他自己的運氣，卻與我輩無干的了。

八月四日。

讀禁書

禁書目的刻板大約始於《咫進齋叢書》，其後有《國粹學報》的排印本，最近有杭州影印本與上海改編索引式本。這代表三個時期，各有作用，一是講掌故，學術的，二是排滿，政治的，三是查考，乃商業的了。

在現今第三時期中，我們想買幾本舊書看的人於是大吃其虧，有好些明末清初的著作都因為是禁書的緣故價格飛漲，往往一冊書平均要賣十元以上，無論心裡怎麼想要也終於沒有法子可以「獲得」。果真是好書善本倒也罷了，事實卻並不這樣，只要是榜上有名的，在舊書目的頂上便標明禁書字樣，價錢便特別地貴，如尹會一王錫侯的著述實在都是無聊的東西，不值得去看，何況更花了大錢。

話雖如此，好奇心到底都有的，說到禁書誰都想看一看，雖然那藍鬍子的故事可為鑑戒，但也可以知道禁的效力一半還是等於勸。假如不很貴，王錫侯的《字貫》我倒也想買一部，否則想借看一下如是太貴而別人有這部書。至於看了不免多少要失望，則除好書善本外的禁書大抵都不免，我也是豫先承認的。

近時上海禁書事件發生，大家談起來都知道，可是《閒話皇帝》一文誰也沒有見過，以前不注意，以後禁絕了。聽說從前有《閒話揚州》一文激怒了揚州人，鬧了一個小問題，那篇閒話我也還不曾見到，這篇閒話因為事情更大了，所以設法去借了一個抄本來，從頭至尾用心讀了一遍，覺得文章還寫得漂亮，此外還是大失望。這是我最近讀禁書的一個經驗。

不過天下事都有例外。我近日看到明末的一冊文集，十足有可禁的程度，然而不是禁書。這書叫作「拜環堂文集」，會稽陶崇道著，即陶石簣石梁的侄子，我所有的只是殘本，第五六兩卷，內容都是尺牘。

從前我翻閱姚刻禁書目，彷彿覺得晚明文章除七子外皆在禁中，何況這陶路甫的文中有許多奴虜字樣，其宜全毀明矣，然而重複檢查索引式的《禁書總錄》，卻終未發見他的名字，這真真是大運氣吧。雖然他的文集至今也一樣地湮沒，但在發現的時候頭上可以不至於加上標識，定價也不至過高，我們或者還有得到的機會，那麼這又可以算是我們讀者的運氣了。

文集卷四復楊修翎總督云：

「古人以犬羊比夷虜，良有深意。觸我嚙我則屠之，弭耳乞憐則撫而馴之。」

又與張雨蒼都掌科云：

「此間從虜中逃歸者言，虜張甚，日則分掠，暮則飽歸，為大頭目者二，胡妓滿帳中，醉後鼓吹為樂。此雖賊奴常態，然非大創勢不即去，奈何。」

看這兩節就該禁了。此外這類文字尚多，直敘當時的情形，很足供今日的參考。最妙的如答毛帥（案即毛文龍）云：

「當奴之初起也，彼密我疏，彼狡我拙，彼合我離，彼捷我鈍，種種皆非敵手，及開鐵一陷，不言守而言戰，不言戰而且言剿。正如衰敗大戶，仍先世余休，久駕人上，鄰居小民見室中虛實，故來挑搆，一不勝而怒目張牙，詫為怪事，必欲盡力懲治之，一舉不勝，牆垣戶牖盡為摧毀，然後緊閉門扇，面面相覷，各各相譏。此時從頹垣破壁中一人躍起，招搖僮僕，將還擊鄰居，於是群然色喜，望影納拜，稱為大勇，豈知終是一人之力。」

形容盡致，真可絕倒，不過我們再讀一遍之後，覺得有點不好單笑明朝人了，彷彿這裡還有別的意義，是中國在某一時期的象徵，而現今似乎又頗相像了。

集中也有別的文章，如覆朱金岳尚書云：

「凡人作文字，無首無尾，始不知何以開，後不知何以闔，此村郎文字也。有首有尾，未曾下筆，便可告人或用某事作開，或用某事作闔，如觀舊戲，鑼鼓未響，關目先知，此學究文字也。蘇文忠曰，吾文如萬斛源泉，不擇地而布，行乎不得不行，止乎不得不止。夫所謂萬斛者，文忠得而主之者也，不得不行不得不止者，文忠不得而主之者也。識此可以談文，可以談兵矣。」

作者原意在談兵，因為朱金嶽本來就是兵家，但是這當作談文看，也說得很有意思。

謝章鋌《賭棋山莊筆記》云：「竊謂文之未成體者冗剽蕪雜，其氣不清，桐城誠為對症之藥，然桐城言近而境狹，其美亦殆盡矣，而迤邐陵遲，其勢將合於時文。」這所說的正是村郎文字與學究文字，那與兵法合的乃是文學之文耳。

陶路甫畢竟是石簣石梁的猶子，是懂得文章的，若其談兵如何，則我是外行，亦不能知其如何也。

（八月十六日）

杜牧之句

《困學紀聞》卷十八評詩有一節云：

「忍過事堪喜，杜牧之《遣興》詩也，呂居仁《官箴》引此誤以為少陵。」

翁注引《官箴》原文云：

「忍之一字，眾妙之門，當官處事，尤是先務，若能於清謹勤之外更行一忍，何事不辦。《書》曰，必有忍其乃有濟。此處事之本也。諺曰，忍事敵災星。少陵詩曰，忍過事堪喜。此皆切於事理，非空言也。王沂公常言，吃得三斗釅醋方做得宰相，蓋言忍受得事。」

中國對於忍的說法似有儒釋道三派，而以釋家所說為最佳。《翻譯名義集》卷七《辨六度法篇》第四十四云：

「羼提，此言安忍。法界次第云，秦言忍辱，內心能安忍外所辱境，故名忍辱。忍辱有二種，一者生忍，二者法忍。云何名生忍？生忍有二種，一於恭敬供養中能忍不著，則不生憍逸，二於瞋罵打害中能忍，則不生瞋恨怨惱。是為生忍。云何名法忍？法忍有二種，一者非心法，謂寒熱風雨饑渴老病死等，二者心法，謂瞋恚憂愁疑淫欲憍慢諸邪見等。菩薩於此二法能忍不動，是名法忍。」

《諸經要集》卷十下，六度部第十八之三，《忍辱篇》述意緣第一云：

「蓋聞忍之為德最為尊上，持戒苦行所不能及，是以羼提比丘被刑殘而不恨，忍辱仙主受割截而無瞋。且慈悲之道救拔為先，菩薩之懷潛惻為用，常應遍遊地獄，代其受苦，廣度眾生，施以安樂，豈容微有觸惱，大生瞋恨，乃至角眼相看，惡聲厲色，遂加杖木，結恨成怨。」

這位沙門道世的話比較地說得不完備，但是辭句鮮明，意氣發揚，也有一種特色。

勸忍緣第二引《成實論》云：

「惡口罵辱，小人不堪，如石雨鳥。惡口罵詈，大人堪受，如華雨象。」二語大有六朝風趣，自然又高出一頭地了。

中國儒家的說法當然以孔孟為宗，《論語》上的「小不忍則亂大謀」似乎可以作為代表，他們大概並不以忍辱本身為有價值，不過為要達到某一目的姑以此作為手段罷了。最顯著的例是越王句踐，其次是韓信，再其次是張公藝，他為的要勉強糊住那九世同居的局面，所以只好寫一百個忍字，去貼上一張大水膏藥了。

道家的祖師原是莊老，要挑簡單的話來概括一下，我想《陰符經》的「安莫安於忍辱」這一句話倒是還適當的吧。

他的使徒可以推舉唐朝婁師德婁中堂出來做領班。其目的本在苟全性命於亂世，忍辱也只是手段，但與有大謀的相比較就顯見得很有不同了。要說積極的好，那麼儒家的忍自然較為可取，不過凡事皆有流弊，這也不是例外，蓋一切鑽狗洞以求富貴者都可以說是這一派的末流也。

且不管儒釋道三家的優劣怎樣，我所覺得有趣味的是杜牧之他何以也感到忍過事堪喜？我們心目中的小杜彷彿是一位風流才子，是一個堂（Don Juan），該是無憂無慮地過了一世的吧。

據《全唐詩話》卷四云：

「牧不拘細行，故詩有十年一覺揚州夢，贏得青樓薄倖名。」

又《唐才子傳》卷六云：

「牧美容姿，好歌舞，風情頗張，不能自遏。時淮南稱繁盛，不減京華，且多名姬絕色，牧恣心賞，牛相收街吏報杜書記平安帖子至盈篋。」這樣子似乎很是闊氣了，雖然有時候也難免有不如意事，如傳聞的那首詩云：

「自恨尋芳去較遲，不須惆悵怨芳時，如今風擺花狼藉，綠葉成蔭子滿枝。」但是，這次是失意，也還是風流，老實說，詩卻並不佳。他什麼時候又怎麼地忍過，而且還留下這樣的一句詩可以收入《官箴》裡去的呢？

這個我不能知道，也不知道他的忍是那一家派的。可是這句詩我卻以為是好的，也覺得很喜歡，去年還在日本片瀨地方花了二十錢燒了一隻小花瓶，用藍筆題字曰：「忍過事堪喜。甲戌八月十日於江之島，書杜牧之句制此。知堂。」瓶底畫一長方印，文曰，「苦茶庵自用品。」這個花瓶現在就擱在書房的南窗下。

我為什麼愛這一句詩呢？人家的事情不能知道，自己的總該明白吧。自知不是容易事，但也還想努力。

我不是尊奉它作格言，我是賞識它的境界。這有如吃苦茶。苦茶並不是好吃的，平常的茶小孩也要到十幾歲才肯喝，咽一口釅茶覺得爽快，這是大人的可憐處。人生的「苦甜」，如古希臘女詩人之稱戀愛，《詩》云，誰謂茶苦，其甘如薺。這句老話來得恰好。中國萬事真真是「古已有之」，此所以大有意思歟。

中華民國二十四年八月十五日，於北平苦竹齋

【附記】

此文曾用作《苦茶隨筆》的序，但實在是「雜記」之一，今仍收入，且用原題曰「杜牧之句」。

笠翁與隨園

徐時棟《煙嶼樓讀書志》卷十六有小倉山房集一條，中有兩則云：

「本朝盛行之書，余最惡李笠翁之《一家言》，袁子才之《隨園詩話》。《一家言》尚有嗤鄙之者，《隨園詩話》則士大夫多好之，其中傷風敗俗之語，易長浮蕩輕薄之心，為父兄者可令子弟見之耶？」

「一日余於友人扇頭見一律，有印貪三面刻，墨慣兩頭磨。余曰，此必隨園詩也。問之，果然。」

第一則的意思很平凡，只是普通正宗派的說法，沒有一點獨立的見識。李笠翁雖然是一個山人清客，其地位品格在那時也很低落在陳眉公等之下了，但是他有他特別的知識思想，大抵都在《閒情偶寄》中，非一般文人所能及，總之他的特點是放，雖然毛病也就會從這裡出來的。

劉廷璣著《在園雜誌》卷一云：

「李笠翁漁，一代詞客也，著述甚夥，有傳奇十種，《閒情偶寄》，《無聲戲》，《肉蒲團》各書，造意遣詞皆極尖新。沈宮詹繹堂先生評曰，聰明過於學問，洵知言也。但所至攜紅牙一部，盡選秦女吳娃，未免放誕風流。昔寓京師，顏其旅館之額曰賤者居，有好事者戲顏其對門曰良者居，蓋笠翁所題本自謙，而謔者則譏所攜也。所輯詩韻頗佳，其《一家言》所載詩詞及史斷等類亦別具手眼。」

此節對於笠翁的褒貶大抵都得中，殆康熙時人見識亦較高明耶。

馬先登著《勿待軒雜誌》卷下云：

「李笠翁所著《閒情偶寄》一書，自居處飲食及男女日用纖悉不遺，要皆故作清綺語導人隃侈之事，無一足取，謂其人亦李贄屠隆之類，為名教罪人，當明正兩觀之誅者也。」

讀書人動不動就把人家當做少正卯，拍案大喝，煞是可笑，卻不知其纖悉講人生日用處正是那書的獨得處，我想曹廷棟的《老老恆言》或可相比，不過枯淡與清綺自亦有殊，若以《隨園食單》來與飲饌部的一部分對看，笠翁猶似野老的掘筍挑菜，而袁君乃彷彿圍裙油膩的廚師矣。

《隨園詩話》在小時候也照例看過，卻終未成為愛讀書，章實齋的攻擊至今想來還沒有多少道理，不過我總不大喜歡袁子才的氣味，覺得這有點兒薄與輕，自然這與普通所謂輕薄又是不同。

我很討厭那兩句詩，若使風情老無分，夕陽不合照桃花。老了不肯休歇，還是涎著臉要鬧什麼風情，是人類中極不自然的難看的事，隨園不能免俗，又說些肉麻話，所以更顯出難看了。這是不佞的一個偏見，在正統派未必如此想，蓋他們只覺得少年講戀愛乃是傷風敗俗，若老年弄些侍姬如夫人之流則是人生正軌，夕陽照桃花可以說正是正統派的人生觀，從古至今殆不曾有絲毫更變者也。

第二則的話我覺得說得很對。簡單的記述中顯出冷冷的諷刺，很能揭穿隨園的缺點，這是他的俗，也可以說沒趣味。

我在這裡須得交代明白，我很看重趣味，以為這是美也是善，而沒趣味乃是一件大壞事。這所謂趣味裡包含著好些東西，如雅，拙，樸，澀，重厚，清朗，通達，中庸，有別擇等，反是者都是沒趣味。普通有低級趣味這一句話，雖然看樣子是從日本輸入的，據我想也稍有語病，但是現在不妨借來作為解說，似乎比說沒趣味更容易懂些。

沒趣味並不就是無趣味，除非這人真是救死唯恐不贍，平常沒有人對於生活不取有一種特殊的態度，或淡泊若不經意，或瑣瑣多所取捨，雖其趨向不同，卻各自成為一種趣味，猶如人各異面，只要保存其本來眉目，不問妍媸如何，總都自有其生氣也。最不行的是似是而非的沒趣味，或曰假趣味，惡趣味，低級趣味均可，假如照大智若愚的這說法，這可以說是大俗若雅罷。

頂好的例便是印貪三面刻，墨慣兩頭磨。大凡對於印與墨人可以有這幾種態度。一，不用，簡直就沒有關係。二，利用，印以記名，墨以寫字，用過就算，別無他求。三，愛惜，實用之外更有所選擇，精良適意，珍重享用。這幾句話說的有點奢侈，其實並不然，木工之於斧鑿，農夫之於鋤犁，蓋無不如此，不獨限於讀書人之筆墨紙硯也。

李圭著《思痛記》，述其陷太平天國軍中時事，卷下記掌書大人寫賀表云：

「是晚賊敬天父後，將寫文書與偽侍王，賀金邑攻破也。陸疇楷蹲踞椅上，李賊坐其旁，桌置紙筆黃封套，又一長刀裹以綠綢，陸賊殺人具也，各有小賊立其旁裝水煙，他賊亦圍聚以觀。陸賊手拂黃紙，捉筆苦思，良久，寫一二十字，不愜意，則扯碎入口爛嚼唾去，如此者三。」

這裡所寫原是俗人常態，但浪費紙張，亦是暴殄天物，猶之斫壞巨木，非良工之所為也。兩頭磨墨雖非嚼紙之比，亦狼藉甚矣。用墨者不但取其著紙有色澤，當並能賞其形色之美，磨而漸短，正如愛莫能助人之漸老耳，亦不得已也，兩頭磨之無乃不情，而況慣乎。

印昔以文重，但自竹齋用花乳石後，質亦成為可愛玩之物，刻鈕寫款皆是錦上添花，使與其文或質相映發，非是蛇足，更非另畫蛇頭也。印三面刻——其實應當說六面，限於平仄故云三耳，則是畫了三個蛇頭了，對於印石蓋別無興味，只講經濟而已，這好比一把小刀，既可開啤酒瓶的蓋，又可裁玻璃，共總有八九樣用處，卻是市場洋貨攤上物。

百工道具不會如此，鋤鍤只單用，斧可劈可敲，亦是自然結果，不太小氣也。多面刻的印既不好看，且細想亦實不便於用，隨園偏喜之，而又曰貪，這與上文的慣並算起來，真真是俗氣可掬了。笠翁講房屋器具亦注重實用，而華實兼具，不大有這種情形，其暖椅稍可笑，唯此為南方設法亦屬無可如何。總而言之，在此等處笠翁要比隨園高明不少也。

【附記】

《廣東新語》卷十三藝語類有刻印一條云：「陳喬生善篆刻，嘗為《四面石章賦》云，印章之便者，莫如四面矣。六則妨持，兩則罕變。酌於行藏，四始盡善。」豈明末有此風尚乎？此雖似可為三面刻解嘲，但終欠大方，不足取也。

廿四年九月八日記於北平。

兩國煙火

黃公度著《日本國志》卷三十六，禮俗志三遊燕類有煙火一則云：

「每歲例以五月二十八夜為始放煙火之期，至七月下旬乃止。際晚，煙火船於兩國橋南可數百武橫流而泊，霹靂乍響，電光橫掣，團團黃日，散為萬星。既而為銀龍，為金烏，為赤魚，為火鼠，為蝙蝠，為蜈蚣，為梅，為櫻，為杏，為柳絮，為楊枝，為蘆，為葦，為橘，為柚，為櫻桃，為藤花，為彈，為球，為箭，為盤，為輪，為樓，為閣，為佛塔，為人，為故事，為文字，千變萬化，使人目眩。

「兩岸茶棚，紅燈萬點，憑欄觀者累膝疊踵。橋上一道，喧雜擁擠，梁柱撓動，若不能支。橋下前艫後舳，隊隊相銜，樂舫歌船，彌望無際，賣果之船，賣酒之船，賣花之船，又篙櫓橫斜，嘩爭水路。直至更闌夜深，火戲已罷，豪客貴戚各自泛舟納涼，弦聲歌韻，於杯盤狼藉中，嘔啞啁哳，逮曉乃散。」

《日本國志》著於光緒初年，所記應係明治時代東京的情狀，但其文章取材於江戶著作者蓋亦有之。兩國煙火始於享保十八年（一七三三），稱曰川開，猶言開河也。兩國橋跨日本橋與本所區間，昔為武藏上總二國，故名，橋下即隅田川，為江戶有名遊樂地，猶秦淮焉。昔時交通不便，市人無地可以避暑，相率泛舟隅田川，挾妓飲酒，曰納晚涼。開始之日曰川開，凡三月而罷。

天保時齋藤月岑著《東都歲事記》卷二記其事，在五月二十八日條下云：

「兩國橋納晚涼自今日始，至八月二十八日止。又此為茶肆，百戲，夜店之始。從今夜放煙火，每夜貴賤群集。

「此地四時繁盛，而納涼之時尤為熱鬧，餘國無其比。東西兩岸，葦棚茶肆比如櫛齒，弱女招客，素額作富士妝，雪膚透紗，愈添涼意，望之可人。大路旁構假舍，自走索，變戲法，牽線木頭，耍猴戲，以至山野珍禽，異邦奇獸，百戲具備，各樹招牌，嗩吶之聲喧以囂，演史，土弓，影戲，笑話，篦頭，相面之店，水果，石花菜，蓋無物不有焉。

「橋上往來肩摩踵接，轟轟如雷。日漸暮，茶肆簷燈照數千步，如在不暗國。樓船籠燈輝映波上，如金龍翻影，弦歌齊湧，行雲不動。疾雷忽爆，驚愕舉首，則花火發於空中，如雲如霞，如月如星，如麟翔，如鳳舞，千狀萬態，神迷魂奪。遊於此者，無貴無賤，千金一擲，不惜固宜，實可謂宇宙間第一壯觀也。」

同時有寺門靜軒著《江戶繁昌記》，亦有一節記兩國煙火者云：

「煙火例以五月二十八日夜為始放之期，至七月下旬而止。際晚，煙火船撐出，南方距兩國橋數百步，橫於中流。天黑舉事，霹靂乍響，電光掣空，一塊火丸，碎為萬星，銀龍影欲滅，金烏翼已翻，丹魚入舟，火鼠奔波，或棚上漸漸燒出紫藤花，或架頭一齊點上紅球燈，寶塔綺樓，千化萬現，真天下之奇觀也。

「兩岸茶棚，紅燈萬點，欄內觀者，累膝疊踵。橋上一道，人群混雜，梁柱撓動，看看若將傾陷。前艫後舳，隊隊相銜，畫船填密，雖川迷水。夜將深，煙火船揮燈，人始知事畢。時水風灑然，爽涼洗骨，於是千百之觀煙火船並變為納涼船，競奢耀豪，舉弦歌於杯盤狼藉之中，嘔啞至曉乃歇。」

讀此可知黃君之所本，寺門文雖俳諧，卻自有其佳趣，若描寫幾色煙火的情狀，似乎更有活氣也。昔時川開以後天天有煙火，是蓋用作納涼之消遣，非若現今之只限於當日，而當日往觀煙火者又看畢即各奔散，於納涼無關，於隅田川亦別無留戀也。天保時代去今百年，即黃君作志時亦已將五十年，今昔情形自然多所變化，讀上文所引有如看舊木板風俗畫，彷彿隔著一層薄霧了。

寺田寅彥隨筆集《柿子的種子》於前年出版，中有一篇小文，是講兩國煙火的，抄錄於下：

「這回初次看到所謂兩國的川開這件東西。

在河岸急造的看臺的一隅弄到一個坐位，吃了不好吃的便飯，喝了出氣的汽水，被那混雜汽油味的河風吹著，等候天暗下去。

完全什麼也不做，什麼也不想，有一個多鐘頭茫然地在等候煙火的開始：發現了這樣一個傻頭傻腦的自己，也是很愉快的事。

在附近是啤酒與毛豆著實熱鬧得很。

天暗了，煙火開始了。

升高煙火的確是藝術。

但是，裝置煙火那物事是多麼無聊的東西呀。

特別是臨終的不乾脆，難看，那是什麼呀。

『出你媽的醜！』

我不是江戶子也想這樣地說了。

卻發現了一件可驚的事。

這就是說，那名叫惠斯勒的西洋人他比廣重或比無論那個日本人更深知道隅田川的夏夜的夢。」

若月紫蘭在所著《東京年中行事》下卷兩國川開項下有云：

「以前都說善能表現江戶子的氣象是東京煙火的特色，拍地開放，拍地就散了，看了無端地高興，大聲叫好，可是星移物換，那樣的時代早已過去了，現在煙火製造者的苦心說是想在那短時間裡也要加上點味兒，所以今年（一九一〇）比往常明顯地有些變化。」

在晝夜共放升空煙火三百發之外，還加上許多西洋式的以及大規模的裝置煙火，如英皇戴冠式，膳所之城等。但是結論卻說：

「我不是江戶子卻也覺得這些東西還不如那拍地開放拍地就散了的倒更是江戶子的，什麼裝置煙火實在是很呆笨的東西。」

聽了他們兩人的話不禁微笑，他更不是江戶子，但也正是這樣想。

去年的兩國川開是在七月廿二日舉行，那時我們剛在東京，承山崎君招同徐耀辰君東京林君與池內夫人往觀，在柳橋的津久松的看臺上初次看了這有名的大煙火。兩國橋的上下流晝夜共放升空煙火四百五十發，另有裝置煙火二十六件，我所喜歡的還是代表江戶子氣象的那種煙火。

本來早想寫一篇小文，可是一直做不出，只好抄人家的話聊作紀念耳。

廿四年九月二日。

第二卷　情書寫法

文章的放蕩

偶然翻閱《困學紀聞》，見卷十七有這一則云：

「梁簡文誡子當陽公書云，立身之道與文章異，立身先須謹重，文章且須放蕩。斯言非也。文中子謂文士之行可見，放蕩其文，豈能謹重其行乎。」

翁鳳西注引《中說・事君篇》云：

「子謂文士之行可見。謝靈運小人哉，其文傲，君子則謹。沈休文小人哉，其文治，君子則典。」其實，深寧老人和文中子的評論文藝是不大靠得住的，全謝山在這節上加批云：

「六朝之文所以無當於道。」這就湊足了鼎足而三。

我們再來《全梁文》裡找梁簡文的原文，在卷十一錄有據《藝文類聚》二五抄出的一篇《誡當陽公大心書》云：

「汝年時尚幼，所闕者學。可久可大，其唯學歟。所以孔丘言，吾嘗終日不食，終夜不寢以思，無益，不如學也。若使牆面而立，沐猴而冠，吾所不取。立身之道與文章異，立身先須謹重，文章且須放蕩。」

這些勉學的話原來也只平常，其特別有意思的卻就是為大家所非難的這幾句話，我覺得他不但對於文藝有瞭解，因此也是知道生活的道理的人。

我們看他餘留下來的殘篇剩簡裡有多少好句，如《舞賦》中云：

「眄鼓微吟，回巾自擁。髮亂難持，簪低易捧。」

又《答新渝侯和詩書》中云：

「雙鬢向光，風流已絕，九梁插花，步搖為古。高樓懷怨，結眉表色，長門下泣，破粉成痕。復有影裡細腰，今與真類，鏡中好面，還將畫等。」

又《箏賦》中歌曰：

「年年花色好，足侍愛君傍。影入著衣鏡，裙含辟惡香。鴛鴦七十二，亂舞未成行。」

看他寫了這種清綺語，可是他的行為卻並不至於放蕩，雖然千四百年前事我們本來不能詳知，也只好憑了一點文獻的紀錄。

簡文被侯景所幽縶時有題壁自序一首云：
「有梁正士蘭陵蕭世纘，立身行道，終始如一。風雨如晦，雞鳴不已。弗欺暗室，豈況三光。數至於此，命也如何。」
《梁書》四《簡文帝紀》雖然說：「雅好題詩，其序云，余七歲有詩癖，長而不倦。然傷於輕豔，當時號曰宮體。」
又史臣曰：「太宗幼年聰睿，令問夙標，天才縱逸，冠於今古，文則時以輕華為累，君子所不取焉。」
但下文也說：「洎乎繼統，實有人君之懿矣。」可見對於他的為人，君子也是沒有微辭的了。
他能夠以身作則地實行他的誡子書，這是非常難得的事情。文人裡邊我最佩服這行謹重而言放蕩的，即非聖人，亦君子也。其次是言行皆謹重或言行皆放蕩的，雖屬凡夫，卻還是狂狷一流。再其次是言謹重而行放蕩的，此乃是道地小人，遠出謝靈運沈休文之下矣。
謝沈的傲冶其實還不失為中等，而且在後世也就不可多得，言行不一致的一派可以說起於韓愈，則滔滔者天下皆是也，至今遂成為載道的正宗了。

一般對於這問題有兩種誤解。其一以為文風與世道有關，他們把《樂記》裡說的亡國之音那一句話歪曲了，相信哀愁的音會得危害國家，這種五行志的論調本來已過了時，何況倒因為果還是讀了別字來的呢。其二以為文士之行可見，不但是文如其人，而且還會人如其文，寫了這種文便非變成這種人不可，即是所謂放蕩其文豈能謹重其行乎。這也未免說得有點神怪，事實倒還是在反面，放蕩其文與謹重其行，其實乃不獨不相反而且還相成呢。

英國藹理斯在他的《凱沙諾伐論》中說過：

「我們愈是綿密地與實生活相調和，我們裡面的不用不滿足的地面當然愈是增大。但正在這地方，藝術進來了。藝術的效果大抵在於調弄這些我們機體內不用的纖維，因此使他們達到一種諧和的滿足之狀態，就是把他們道德化了，倘若你願意這樣說。精神病醫生常述一種悲慘的瘋狂病，為高潔地過著禁欲生活的老處女們所獨有的。她們當初好像對於自己的境遇很滿意，過了多少年後卻漸顯出不可抑制的惱亂與色情衝動，那些生活上不用的分子被關閉在心靈的窖裡，幾乎被忘卻了，終於反叛起來，喧擾著要求滿足。古代的狂宴——基督降誕節的臘祭，聖約翰節的中夏祭——都證明古人很聰明地承認，日常道德的實生活的約束有時應當放鬆，使他不至於因為過緊而破裂。我們沒有那狂宴了，但我們有藝術替代了他。」

又云：

「這是一個很古的觀察，那最不貞潔的詩是最貞潔的詩人所寫，那些寫得最清淨的人卻生活得最不清淨。在基督教徒中也正是一樣，無論新舊宗派，許多最放縱的文學都是教士所作，並不因為教士是一種墮落的階級，實在只因他們生活的嚴正更需這種感情的操練罷了。從自然的觀點說來，這種文學是壞的，這只是那猥褻之一種形式，正如許思曼所說唯有貞潔的人才會做出的。

「在大自然裡，欲求急速地變成行為，不留什麼痕跡在心上面。……在社會上我們不能常有容許衝動急速而自由地變成行為的餘地，為要免避被壓迫的衝動之危害起見，把這些感情移用在更高上穩和的方面卻是要緊了。正如我們需要體操以伸張和諧那機體中不用的較粗的活力一樣，我們需要美術文學以伸張和諧那較細的活力，這裡應當說明，因為情緒大抵也是一種肌肉作用，在多少停頓狀態中的動作，所以上邊所說不單是普通的一個類似。從這方面看來，藝術正是情緒的操練。」

小注中又引格勒威耳的日記作例證之一云：

「拉忒勒耳在談謨耳與洛及斯兩人異同，前者的詩那麼放蕩，後者的詩那麼清淨，因為詩裡非常謹慎地刪除一切近於不雅馴的事物，所以當時甚是流行，又對比兩人的生活與作品，前者是良夫賢父的模範，而後者則是所知的最大好色家云。」

中國的例大約也不少，今為省事計也就不去多找了。凱沙諾伐是言行皆放蕩的人，擺倫的朋友妥瑪謨耳則很有簡文的理想。或評法國畫家瓦妥云，「蕩子精神，賢人行徑。」此言頗妙，正可為此類文人製一副對聯也。

（九月五日）

情書寫法

八月三十日北平報載法院覆審劉景桂逯明案，有逯明的一節供詞極妙，讓我把他抄在後邊：

「問，你給她的信內容不明白的地方甚多，以十月二十五日十一月三十日信看來，恐怕你們另有什麼計畫。

「答，愛情的事，無經驗的人是不明白的，普通情書常常寫言過其實的肉麻話，不如此寫不能有力量。」

據報上說逯君正在竭力辯明係女人誘惑男人，卻又說出這樣的老實話來，未免稍有不利，但對於讀者總是很有意思，可感謝的一句話。

有經驗的人對於無經驗的有所指教，都是非常有益的，雖然有時難免戳穿西洋鏡，聽了令人有點掃興。戀愛經驗與宗教經驗戰爭經驗一樣地難得，何況又是那樣深刻的，以致鬧成事件，如世俗稱為「桃色慘案」，——順便說一句，這種名稱我最不喜歡，只表示低級趣味與無感情而已，劉荷影案時有「留得殘荷聽雨聲」的小標題，尤其不愉快。

閒話休提，我只說，犯罪就是一種異常的經驗，只要是老實地說話，不要為了利害是非而歪曲了去感傷地申訴或英雄地表演，於我們都有傾聽的價值。日本有古田大次郎要為同志大杉榮復仇，殺人謀財，又謀刺福田大將未成，被捕判處死刑，不上訴而就死，年二十五，所著有《死之懺悔》，為世人所珍重，其一例也。

逯君關於情書的幾句話真可謂苦心之談，不愧為有經驗者。第一，這使人知道怎麼寫情書。言過其實地說肉麻話，或者覺得不大應該。然而為得要使情書有力量，卻非如此不可。這實在是一條兵法，看過去好像有一股冷光，正如一把百煉鋼刀，揑在手裡，你要克敵制勝，便須得直劈下去。古人云，鴛鴦繡出從君看，莫把金針度與人。今卻將殺手拳傳授與普天下看官，真可謂難得之至矣。

第二，這又使人知道怎麼看情書。那些言過其實的肉麻話怎麼發落才好？既然知道是為得要有力量而寫的，那麼這也就容易解決了，打來的一拳無論怎麼凶，明白了他的打法，自然也有了解法。有這知識的人看那有本領的所寫的情書，正是所謂「燈籠照火把」，相視而笑，莫逆於心，結果是一局和棋。我只掛念，逯君情書的受信人不知當時明白這番道理否？假如知道，那麼其力量究竟何如，事件的結果或當如何不同，可惜現在均無從再說也。

我在這裡並不真是來討論情書的寫法及其讀法，看了那段供詞我覺得有趣味的乃因其可以應用於文學上也。竊見文學上寫許多言過其實的肉麻話者多矣，今乃知作者都在寫情書也。我既知道了這秘密，便於讀人家的古今文章大有幫助，雖然於自己寫文章沒有多少用處，因為我不曾想有什麼力量及於別人耳。

（九月）

關於禽言

無悶居士著《廣新聞》四卷，有乾隆壬子序，只是普通志異的筆記罷了，卷四卻有家家好一則云：

「客某遊中峰，時值亢旱，望雨甚切，忽有小鳥數十，黑質白章，喙如凫，鳴曰家家叫化，音了如人語。山中人嘩曰，此旱怪也，競奮槍網捕殺數頭。天雨，明日此鳥仍鳴，聽之變為家家好家家好矣。」

這件故事我看了覺得很有意思，因為第一這是關於旱怪的民俗資料，其次是關於禽言的，這也是我所留意考察的一件事。

光緒初年侯官觀道人著《小演雅》一卷，自稱「摭百禽言」，其實也只有七十六項，裡邊還有可以歸併的，有本是鳥聲而非鳥言的，結算起來數目恐不很多，不過從來的紀錄總以這為最詳備了。

馮雲鵬著《紅雪詞》乙集卷一中有禽言詞二十二首，自序云：

「凡作禽言者有詩無詞，以古詩可任意為長短句，詞多束縛也。予好為苟難，偶採雜記聽方言，取鳥音與詞音相葉者詠之。詞令雖多，有首句不起韻者，有換韻者，有冗長者，揆諸禽言殊不相似，故寥寥也。間有從萬紅友上入作平處，斷不能以去作平平作仄用也，但俚而不文，樸而多諷，如坐桑麻間聽齊東野語足矣。」

所詠二十二禽言中，有拆鳥窠兒曬，修破屋，葉貴了，鍋裡麥屑粥，半花半稻，桃花水滴滴等六則皆新出，《小演雅》中亦未見。若家家叫化與家家好則諸書均未見著錄，有人欲調查禽言者見之，自當大喜歡也。

晴雨不同的禽音最顯著的是鳩鳴。據《埤雅》《爾雅翼》等書說，班鳩性拙，不能營巢，天將雨即逐其雌，霽則呼而返，故俗語云，天將雨，鳩逐婦。

陸廷燦著《南村隨筆》卷三鳩逐婦條云：

「明秦人趙統伯辨鳩逐婦云，乃感天地之雨暘而動其雌雄之情，求好逑也，非逐而去之之謂。」此逐字蓋訓作現今追逐之逐乎，說雖新穎，似亦未必然。

《本草綱目》卷四十九，李時珍曰：

「或曰，雄呼晴，雌呼雨。」所說稍勝，只是尚未能證明，但晴雨時鳴聲不同則係事實耳。

《田家雜占》云：「鳩鳴有還聲者謂之呼婦，主晴，無還聲者謂之逐婦，主雨。」吾鄉稱斑鳩曰野鵓鴿，又稱步姑，錢沃臣著《蓬島樵歌》注云，「俗謔善愁者曰鵓鴣」，寧紹風俗相同，蓋均狀其拙。鳴聲有兩種，在雨前曰渴殺鴣，或略長則曰渴殺者鴣，雨後曰掛掛紅燈，此即所謂有還聲者也。

范寅著《越諺》卷上翻譯禽音之諺第十五，共列十條，鳩亦在焉，分注曰呼雨呼晴，家家好雖不知是何等山禽，大約也是這類的東西吧。

《越諺》所舉十條除鳩燕而外唯姑惡鳥之姑惡，貓頭鷹之掘窪係常聞的禽音，餘均轉錄不足取，如寒號蟲尤近於志怪了。

燕在詩文中雖常稱「語」，但向來不列入禽言，《小演雅》列「意而」一條，亦有道理，卻別無意趣，越中小兒以方言替代燕子說話云：

「弗借倍乃鹽，弗借倍乃醋，只要倍乃高堂大屋讓我住住。」

倍乃即你們的，只要二字合音。寥寥數語，卻能顯出梁上呢喃之趣，且又表出此狷潔自好的小鳥的精神，自成一首好禽言，在文人集子裡且難找得出也。

禽言亦有出自田夫野老者，唯大半係文士所定，故多田園詩氣味，殊少有能反映出民間苦辛的。姑惡自東坡以來即傳說婦以姑虐死，故其聲云，可謂例外，是真能對於禮教的古井投一顆小石子的了。

陸放翁《夜聞姑惡》詩雖非擬禽言，卻是最好的一篇，難得能傳出有許多幽怨而仍不能說之情也。

又有婆餅焦者，《蓬島樵歌》續編注云：

「俗傳幼兒失怙恃，養於祖母，歲饑不能得食，兒啼甚，祖母作泥餅煨於火紿之，乃自經，而兒不知也，相繼餓斃，化為此鳥，故其聲如此。《情史》又云，人有遠戍者，其婦從山頭望之，化為鳥，時烹餅將為餉，使其子偵之，恐其焦不可食也，往見其母化此物，但呼婆餅焦也。」

梅堯臣《四禽言》云：

「婆餅焦，兒不食。爾父向何之，爾母山頭化為石。山頭化石可奈何，遂作微禽啼不息。」

可見宋時已有此故事，與《情史》所說相近，但俗傳卻更能說明婆餅焦的意義，而亦更有悲哀的土氣息泥滋味也。

婆餅焦的叫聲我不曾聽見過，只在北平初夏常聽到一種叫聲，音曰Hupopo，大約也是布穀之類，本地人就稱之曰糊餑餑，正是很好的禽言，不必是婆餅焦，也可以算是同一類的罷。

廿四年九月七日，於北平。

談油炸鬼

劉廷璣著《在園雜誌》卷一有一條云：

「東坡云，謫居黃州五年，今日北行，岸上聞騾馱鐸聲，意亦欣然。鐸聲何足欣，蓋久不聞而今得聞也。昌黎詩，照壁喜見蠍。蠍無可喜，蓋久不見而今得見也。予由浙東觀察副使奉命引見，渡黃河至王家營，見草棚下掛油炸鬼數枚。製以鹽水合麵，扭作兩股如粗繩，長五六寸，於熱油中炸成黃色，味頗佳，俗名油炸鬼。予即於馬上取一枚啖之，路人及同行者無不匿笑，意以為如此鞍馬儀從而乃自取自啖此物耶。殊不知予離京城赴浙省今十七年矣，一見河北風味不覺狂喜，不能自持，似與韓蘇二公之意暗合也。」

在園的意思我們可以瞭解，但說黃河以北才有油炸鬼卻並不是事實。江南到處都有，紹興在東南海濱，市中無不有麻花攤，叫賣麻花燒餅者不絕於道。范寅著

《越諺》卷中飲食門云：

「麻花，即油炸檜，迄今代遠，恨磨業者省工無頭臉，名此。」案此言係油炸秦檜之，殆是望文生義，至同一癸音而曰鬼曰檜，則由南北語異，紹興讀鬼若舉不若癸也。

中國近世有饅頭，其緣起說亦怪異，與油炸鬼相類，但此只是傳說罷了。

朝鮮權寧世編《支那四聲字典》，第一七五 Kuo 字項下注云：

「餜（Kuo），正音。油餜子，小麥粉和雞蛋，油煎拉長的點心。油炸餜，同上。但此一語北京人悉讀作 Kuei 音，正音則唯鄉下人用之。」此說甚通，鬼檜二讀蓋即由餜轉出。

明王思任著《謔庵文飯小品》卷三《遊滿井記》中云：

「賣飲食者邀訶好火燒，好酒，好大飯，好果子。」所云果子即油餜子，並不是頻婆林禽之流，謔庵於此多用土話，邀訶亦即吆喝，作平聲讀也。

鄉間製麻花不曰店而曰攤，蓋大抵簡陋，只兩高凳架木板，於其上和麵搓條，傍一爐可烙燒餅，一油鍋炸麻花，徒弟用長竹筷翻弄，擇其黃熟者夾置鐵絲籠中，有客來買時便用竹絲穿了打結遞給他。做麻花的手執一小木棍，用以攤擀濕麵，卻時時空敲木板，的答有聲調，此為麻花攤的一種特色，可以代呼聲，告訴人家正在開淘有火熱麻花吃也。

麻花攤在早晨也兼賣粥，米粒少而汁厚，或謂其加小粉，亦未知真假，平常粥價一碗三文，麻花一股二文，客取麻花折斷放碗內，令盛粥其上，如《板橋家書》所說，「雙手捧碗縮頸而啜之，霜晨雪早，得此周身俱暖」，代價一共只要五文錢，名曰麻花粥。又有花十二文買一包蒸羊，用鮮荷葉包了拿來，放在熱粥底下，略加鹽花，別有風味，名曰羊肉粥，然而價增兩倍，已不是尋常百姓的吃法了。

麻花攤兼做燒餅，貼爐內烤之，俗稱洞裡火燒。小時候曾見一種似麻花單股而細，名曰油龍，又以小塊麵油炸，任其自成奇形，名曰油老鼠，皆小兒食品，價各一文，辛亥年回鄉便都已不見了。

麵條交錯作「八結」形者曰巧果，二條纏圓木上如藤蔓，炸熟木自脫去，名曰倭纏。其最簡單者兩股稍粗，互扭如繩，長約寸許，一文一個，名油饊子。以上各物《越諺》皆失載，孫伯龍著《南通方言疏證》卷四釋小食中有饊子一項，注云：

「《州志》方言，饊子，油炸環餅也。」又引《丹鉛總錄》等云寒具今云曰饊子。寒具是什麼東西，我從前不大清楚。據《庶物異名疏》云：

「林洪《清供》云，寒具捻頭也，以糯米粉和麵麻油煎成，以糖食。據此乃油膩黏膠之物，故客有食寒具不濯手而汙桓玄之書畫者。」看這情形豈非是蜜供一類的物事乎？

劉禹錫寒具詩乃云：「纖手搓來玉數尋，碧油煎出嫩黃深，夜來春睡無輕重，壓扁佳人纏臂金。」詩並不佳，取其頗能描寫出寒具的模樣，大抵形如北京西域齋製的奶油鐲子，卻用油煎一下罷了，至於和靖後人所說外面搽糖的或係另一做法，若是那麼黏膠的東西，劉君恐亦未必如此說也。

《和名類聚抄》引古字書云，「糫餅，形如葛藤者也，」則與倭纏頗相像，巧果油饊子又與「結果」及「捻頭」近似，蓋此皆寒具之一，名字因形而異，前詩所詠只是似環的那一種耳。麻花攤所製各物殆多係寒具之遺，在今日亦是最平民化的食物，因為到處皆有的緣故，不見得會令人引起鄉思，我只感慨為什麼為著述家所捨棄，那樣地不見經傳。

劉在園范嘯風二君之記及油炸鬼真可以說是豪傑之士，我還想費些功夫翻閱近代筆記，看看有沒有別的記錄，只怕大家太熱心於載道，無暇做這「玩物喪志」的勾當也。

【附記】

尤侗著《艮齋續說》卷八云：「東坡云，謫居黃州五年，今日北行，岸上聞騾馱鐸聲，意亦欣然，蓋不聞此聲久矣。韓退之詩，照壁喜見蠍。此語真不虛也。予謂二老終是宦情中熱，不忘長安之夢，若我久臥江湖，魚鳥為侶，騾馬鞞鐸耳所厭聞，何如欸乃一聲耶。京邸多蠍，至今談虎色變，不意退之喜之如此，蠍且不避而況於臭蟲乎。」

西堂此語別有理解。東坡蜀人何樂北歸，退之生於昌黎，喜蠍或有可原，唯此公大熱中，故亦令人疑其非是鄉情而實由於宦情耳。

廿四年十月七日記於北平。

【補記】

張林西著《瑣事閒錄》正續各兩卷，咸豐年刊。續編卷上有關於油炸鬼的一則云：「油炸條麵類如寒具，南北各省均食此點心，或呼果子，或呼為油胚，豫省又呼為麻糖，為油饃，即都中之油炸鬼也。鬼字不知當作何字。長晴岩觀察臻云，應作檜字，當日秦檜既死，百姓怒不能釋，因以麵肖形炸而食之，日久其形漸脫，其音漸轉，所以名為油炸鬼，語亦近似。」

案此種傳說各地多有，小時候曾聽老嫗們說過，今卻出於旗員口中覺得更有意思耳。

個人的意思則願作「鬼」字解，稍有奇趣，若有所怨恨乃以麵肖形炸而食之，此種民族性殊不足嘉尚也。秦長腳即極惡，總比劉豫張邦昌以及張弘範較勝一籌罷，未聞有人炸吃諸人，何也？我想這罵秦檜的風氣是從《說岳》及其戲文裡出來的。士大夫論人物，罵秦檜也罵韓侂胄，更是可笑的事，這可見中國讀書人之無是非也。

民國廿四年十二月廿八日補記。

古南餘話

自從《白香詞譜箋》刻入《半厰叢書》，流通世間，舒白香的名字遂為一般人所知，只看坊間多翻印《詞譜》可以知道，雖然也有人把他和白香山混作一個的。但是，白香的著作除《詞譜》外平常卻不很多見。

從前我只有他的一部《遊山日記》，記在廬山天池避暑時事，共十二卷，文章寫得很有風趣，思想也頗明達，是遊記中難得之作。後來又從上海買得一部書，無總名，共七冊，內有書十一種二十九卷，其中十種都是白香所著，《遊山日記》亦在內。

查羅振玉《續匯刻書目》辛，此即「舒白香雜著」，但書目有《驂鸞集》三卷，此本缺，而別多《聯璧詩鈔》二卷，錄其伯祖東軒祖補亭詩各百首，父保齋詩二十五首。《緱山集》，《秋心集》，《花仙小志》各一卷，皆傷逝悼亡之作，《南徵集》，《嫈舲餘稿》各一卷，則行旅作也。

又《和陶詩》一卷，《香詞百選》一卷，係白香所作詞，由其門人選錄百篇。以上七種為詩詞，散文則《遊山日記》外有《古南餘話》五卷，《湘舟漫錄》三卷，亦是詩話隨筆之流，別有清新之趣，而不入於浮薄，故為難得。

《古南餘話》卷四云：

「仲實問詩餘小詞自唐宋以迄元明可謂燦備，鮮有不借徑兒女相思之情者，冬烘往往腹誹之，謂恐有妨於學道，其說然歟？余曰，天有風月，地有花柳，與人之歌舞其理相近，假使風月下旗鼓角逐，花柳中呵導排衙，不殺風景乎。天下不過兩種人，非男即女，今必欲刪卻一種，以一種自說自扮，不成戲也。故雖學如文正公，亦復有兒女相思之句，正所謂曲盡人情，真道學也。道學之理不知何時竟講成塵羹塗飯，致南宋奸黨直詆為無用之尤，肆意輕侮，亦豈非冬烘妄測之過哉。

「夫道學所以正人心平天下也，苟好惡不近人情，則心術偽矣，亦惡能得人之情平人之心。《詩》之教，化行南國始自閨房，《書》之教，協帝重華基於媯汭，理必然也，而況歌詞乃導揚和氣調燮陰陽之理，而顧諱言兒女乎。故自十九首以及蘇李贈答魏晉樂章，其寓托如出一口，良由發乎性情耳。姑專就小詞而論，才如蘇公猶不免鐵板之誚，謂其逞才氣著議論也。

「詞家風趣寧癡勿達，寧纖勿壯，寧小巧勿粗豪，故不忌兒女相思，反不貴英雄豁達，其聲哀以思，其義幽以怨，蓋變風之流也。其流在有韻之文最為卑近，再降而至於填詞止矣，原可不學，學之則不可不求合拍。李後主，姜鄱陽，易安居士，一君一民一婦人，終始北宋，聲態絕嫵。秦七黃九皆深於情者，語多入破，柳七雖雅擅騷名，未免俗豔，玉田尚矣，近今惟竹垞老人遠紹此脈，善手雖眾，鮮能度越諸賢者。各就所得名之篇，注意之旨，揣聲而學之，有餘師矣。」

這可以算是白香的詞論，讀《詞譜》的人當有可參考之處。其下一則云：

「怡恭親王昔重刻《白香詞譜》時，問所訂有遺憾否。余笑對言有兩事惜難補作，似有憾，一欲代朱夫子補作一詞，一欲代姜鄱陽補捐一監。聞者絕倒。」

又卷五錄其少作《閒情集序》，其上半云：

「情之正者日用於倫常之中，惟恐不足，惡得閒。然竊謂饑與穀相需，而先生之饌乃尚羞脯，所居不過容榻，而文王之囿半於國中，是閒復倍於正者何也。吾立於是，四旁皆閒地耳，使掘其四旁若塹，則立者以懼。當暑而裸，冠服皆閒物耳，苟並其裘而毀棄，則裸者以憂。蓋懼無餘地，而憂或過時，亦閒情耳。堯舜以箕潁為閒情，巢由亦以揖遜為閒情。夷齊以征伐為閒情，武周亦以餓死為閒情。將謂餓死為閒情，彼餓死何汲汲也。謂箕潁為閒情，彼遁世何無悶也。由是觀之，無正非閒，無閒非正。身世之所遭，智力之所及，慘澹經營，都求美善，逮夫事往情移，夢回神往，即一身之中，旬日之內，所言所行，不啻秦人視越人之肥瘠也，又何況於局外閒觀者哉。」

辯說閒情，可謂語妙天下。下文又云：

「吾故常默然也。不言人過失，人本無過失也。不言時務，天下有道則庶人不議也，道聽塗說又恐傳聞失實也。」引用《水滸傳》序語，顯然很受唱經堂的影響，雖然不曾明白說起。

《湘舟漫錄》中又有幾節話說得很好，卷一說風流云：

「黃龍寺晦堂長老嘗問山谷以吾無隱乎爾之義，山谷詮釋再三，晦堂不答。時暑退涼生，秋香滿院，晦堂因問曰，聞木犀香乎？山谷曰，聞。晦堂曰，吾無隱乎爾。山谷乃服。昨秋寓都昌南山，一夕與五黃散步溪橋間，仲實問風流二字究作何解。予曰，此君子無入而不自得之象也，被有文無行人影射壞了，柳下惠曾皙莊子諸葛孔明陶靖節及宋之周邵蘇黃，乃所謂真風流耳。吉人以為然。晦堂以禪趣釋經，吾以經義訓疑訓，故牽連書之。」

又卷三亦有類似的一則云：

「雅達亦何與康濟之學而儒術重之？蓋雅則賤貨貴德，達則慕義輕生，故可重也。若只如世俗以詩酒書畫為雅，以不拘行檢為達，至於出處趣向義利生死之關，仍錄錄茫無擇執，亦俗物耳，何雅達之有。」

這種說法實在是很平實而亦新奇。為什麼呢？向來只有那些不近人情的道學家與行不顧言的文人橫行於世，大家聽慣了那一套咒語，已經先入為主，所以對於平常實在的說法反要覺得奇怪，那也是當然的事吧。

《古南餘話》有記瑣事的幾則亦均可喜，卷三云：

「友三（案即古南寺住持僧）言往自村墟歸，至野老泉下，遙見一狐低頭作禹步，規行若環，而寺門一雞即奮飛入其環中，為狐攖去，僧號逐不釋。然則祝由治病，厭勝殺人，及飛頭換腿之術，咸不誣矣。

「友三又言，古南松鼠多而詐，竹初生則折其筍，栗未熟則毀其房，彼視狸如奴，視犬如僕，毫不畏。一日有獵人牽犬憩所巢樹下，仰見鼠怒躍而號，松鼠竟直墮其前，不敢遁也。

「友三嘗篩米樹下，一梟棲木末，俯視目眩，直墮篩中，因被擒。佃人病頭眩，乞其梟，殺而食之，眩疾癒。余笑曰，理當益眩，何忽癒？然則使醉人扶醉人反不顛耶。劉伯倫有言，一石已醉，五斗解酲。是則以眩梟醫眩人耳。吾問以梟食母事，友三謂一孚兩子，子大則共食父母。余曰，不然，是人間只二梟矣，何寶刹梟聲之多耶。蓋亦猶人中之禽，偶一不孝，輒並其兄弟疑之，不盡然也。梟如能孝，吾且令烏為之友。」

記錄這些小動物的生態很有意思，其關於梟的說明亦有識見，雖然偶一不孝之說還不免有所蔽，至於雞與松鼠受制於狐犬，蓋係事實，如鼠之於貓，蛙之於蛇，遇見便竦伏不能動，世所習知。此雖彷彿催眠術，卻與禁厭不同，蓋一是必然而一是非必然，故祝由科與狐犬終不是一類也。

白香的文章頗多諧趣，在《遊山日記》中最為常見，卷一記嘉慶九年六月甲子（初七日）事有一節云：

「五老峰常在雲中，不能識面。峰半僧廬為博徒所據，不可居。西輔至峰寺，雲亦下垂，至寺門一無所見，但聞呼盧聲，亦不知五峰絕頂尚離寺幾千丈也。」

《遊山日記》是一部很有趣味的書，其中記郡掾問鐵瓦，商人看烏金太子，都寫得極妙，現在卻不多抄了。林語堂先生曾說想把這書重印出來，我很贊成他的意思，希望這能夠早日實現，所以我在這裡少說一點亦正無妨耳。

廿四年九月廿四日，於北平。

兒時的回憶

舒白香著《遊山日記》卷二，嘉慶九年六月辛巳（二十四日）項下有一節云：

「予三五歲時最愚。夜中見星斗闌干，去人不遠，輒欲以竹竿擊落一星代燈燭。於是乘屋而疊几，手長竿，撞星不得，則反仆於屋，折二齒焉。幸猶未齔，不致終廢嘯歌也。又嘗　隨先太恭人出城飲某淑人園亭，始得見郊外平遠處天與地合，不覺大喜而嘩，誡御者鞭馬疾馳至天盡頭處，試捫之當異常石，然後旋車飯某氏未遲。太恭人怒且笑曰，癡兒，攜汝未周歲自江西來，行萬里矣，猶不知天盡何處，乃欲捫天赴席耶。予今者僅居此峰，去人間不及萬丈，顧已沾沾焉自炫其高，其愚亦正與孩時等耳。隨筆自廣，以博一笑。」

這一段小文寫得很有意思，而且也難得，因為中國看不起小孩，所以文學中寫兒童生活的向來不大有。宋趙與時著《賓退錄》卷六記路德延處朱友謙幕，作《孩兒詩》五十韻，有數聯云：

尋蛛窮屋瓦，採雀遍樓椽。
匿窗肩乍曲，遮路臂相連。
競指雲生岫，齊呼月上天。
忽升鄰舍樹，偷上後池船。

描寫小孩嬉遊情形頗妙，趙君亦稱之曰，書畢回思少小嬉戲之時恍如昨日，但仍要說路作此詩「以譏友謙」，至於原詩本不見諷刺之跡，不過末聯云：明時方在德，戒爾減狂顛，亦總未免落套。白香記其孩時事，卻又要說到現今之愚，其未能脫窠臼正相同也。

近來得見「扁舟子自記履歷」一本，係吾鄉范嘯風先生自著年譜手稿，記道光十年庚寅至光緒二十年甲午凡六十五年間事。嘯風名寅，同治癸酉科副榜，著《越諺》五卷行於世，其行事多奇特，我在重印《越諺》跋中略有說及。

年譜所記事不必盡奇而文殊妙，多用方言俗字，惜後半太略，但其特別可取者亦在所敘兒時瑣事，大抵在別家年譜中所很難找到也。

道光年紀事中云：

十二年壬辰，三歲。春，出天花而痳。

祖父母父母嘗謂予曰，爾出天花，患驚數晝夜，祖父請有名痘醫孫暘谷先生留家不肯放歸。刺雞冠，割羊尾，搓桑蠶，皆祖父母親手安排，迨毒食吃足而痘見點。迨灌漿，癢而要搔，母親日夕不眠而管視予手，卒至於痳，亦天數也。

十三年癸巳，四歲。發野性，啼號匍匐遍宅第。

是春之暮，天氣翻潮，地潤。領予之工婦張姓者故逆吾意，吾啼，而張婦益逆之，遂賴地匍匐於堂中，西入弍二嬸廊下門，由庶曾祖母房歷其灶間側樓下而入叔祖母房中之臥榻下。父母祖父母皆驚霍失措，唯祖父疑予患痧腹痛，而給予出床下，以通關散入鼻噴嚏，啼乃止。手足衣面皆塗黑如炭，又皆笑之。

二十年庚子，十一歲。庭訓。戲學著書。

是歲之夏全家多病悔，唯余無恙。先君子初患類瘧，既而成三陰瘧，自夏徂秋，至冬未癒，遂荒讀。余搜藥紙作小本，與諸弟及堂弟仰泉沈氏表弟伯卿輩嬉戲濡筆，塗於藥紙小本上曰，某年月日，父病，化三陰瘧。某月日，兄病傷寒，十四日身涼，髮頂結如餅，剃匠百有用攪刀割通而梳之，又蜕髮，其辮如鑽。

年譜中又常記所見異物，有一則係在兒時：

十四年甲子，五歲。入塾讀書。見雷神。

是年學村童罵人，大姊恐之曰，雷將擊爾，可罵人乎。奇齡弟亦同罵人。一日雷電交作，大姊扯余及弟同跪於堂階上朝南，而霹靂至，大姊逃入廊下，奇齡弟亦驚啼而逃入。予跪而獨見雷電之神果隨霹靂由西廳棟而來，先一神瘦長，銳頭毛臉，細腳，兩翼聯腋間，隨聲跳躍，余南面而跪，彼北面而來，至中廳簷間即轉身向東南棟逃出而去。又一聲霹靂，如前神而稍肥矮者跳躍來往均如之。予大呼姊來同視，而姊掩耳不聞。迨父母出來，起予跪而告之，父母皆謂我荒誕云。

此外記所見尚有兩次，一為道光三十年庚戌二十一歲時，云七月見兩頭蛇於灶，一為咸豐二年壬子二十三歲在安徽潁州府署，云十二月夜見反案鬼於書齋花塢。據說蛇類中原有首尾相似者，兩頭蛇之謎不難解，唯反案鬼不知是何狀，查《越諺》卷中鬼怪類雖有大頭鬼獨腳魈等十幾種，卻不見有反案鬼，我自己回想小時候所聞見的各式鬼怪也想不起這一種來，覺得很是可惜。難道這是潁州地方所特有的麼？仔細的想又似乎未必然。

我最初還是在日本書中見到描畫兒童生活的詩文。我喜歡俳諧寺一茶的文集《俺的春天》，曾經抄譯過幾節。維新以後有阪本文泉子的《如夢》一卷，用了子規派的寫生文紀述兒時情景，共九章，明治四十二年（一九〇九）印成單行本，現在卻早絕板了。二十多年前在三田小店買來的紅布面小本至今常放在案頭，讀了總覺得喜歡，可是還不敢動筆譯述。

同一年出版的有森鷗外的小說 Vita Sexualis 可譯稱「性的生活」，初出即被禁止發賣，但是近年已解禁，各選集及全集裡都已收入了。我在當時托了原雜誌發行所的一位夥計設法找到一冊，花了一塊半錢，超過了原價六倍。我譯了一部分登在《北新》半月刊上，後來看看舉世談風化名教要緊了，這工作就停止，其中記六歲至十歲時的幾節事情，想要選抄一段在這裡，也躊躇再四而罷。為什麼呢？這一時說不清楚，我們也可以說，此只是兒童生活之一側面，可暫緩議吧。不過，春之覺醒問題侵入文藝及教育實在是極當然的，就只是我們還沒有理解和接受這個的雅量而已。

外國文學裡寫兒童生活的很多，掛一漏萬，且不說吧。當代文人的作品不曾調查，亦未能詳。上邊只是看到想到，隨便談談罷了。我只願意聽人家講點小時候的故事，自然是愈講得好愈好，至於我自己則兒時並無什麼可回憶也。

【補記】

今日閱范君遺稿，在《墨妙亭詩稿》第一卷紀事類中見有七言古詩一首，題曰「兩頭蛇，並記」。記文云：

「道光卅年庚戌，六月廿有一日午時，家人攤飯，爨婦浣衣，予獨以事詣廚。久聞灶上瑟縮聲，視之，一小蛇，長約五寸，有彳亍跛躄狀，諦視之乃兩頭蛇也。久而一頭入石縫，一頭留外視我，遂欲斬，恐螫尋器，被爨婦詰知之，家人咸起視。予曰，避之，莫汝毒也，我將殺以埋。慈親向敬神仁物，謂曰，爾獨見，吾疑焉，問神而信則從，否則止。卜之而非。予急欲斬之，此蛇復從石縫出，忽變大蛇，長丈許，向西北去，真怪事也。詩以紀之。」

詩不大佳，今未錄，唯首句「兩頭蛇，蛇兩頭」下有注云：「《續博物志》卷九載，兩頭蛇馬鱉食牛血所化。《爾雅．釋地》五方，中有軹首蛇焉。注，歧頭蛇也，或曰，今江東呼兩頭蛇為越王約發，亦名弩弦。疏，此即兩頭蛇也。然則歧頭兩頭皆並頭之謂，此則尾亦為頭。」

此一節可以補年譜之闕，只可惜關於反案鬼還是找不到材料，詩稿中也有幾首是在潁州時所作，卻並沒有說到該鬼的事。年譜說見兩頭蛇在七月，詩稿則云六月二十一日，想應當以詩稿為可信也。

廿四年十月十六日記。

畏天憫人

劉熙載著《藝概》卷一文概中有一則云：

「畏天憫人四字見文中子《周公篇》，蓋論《易》也。今讀《中說》全書，覺其心法皆不出此意。」查《中說》卷四云：

「文中子曰，《易》之憂患，業業焉，孜孜焉，其畏天憫人，思及時而動乎。」關於《周易》我是老實不懂，沒有什麼話說，《中說》約略翻過一遍，看不出好處來，其步趨《論語》的地方尤其討厭，據我看來，文中子這人遠不及王無功有意思。但是上邊的一句話我覺得很喜歡，雖然是斷章取義的，意義並不一樣。

天就是「自然」。生物的自然之道是弱肉強食，適者生存。河裡活著魚蝦蟲豸，忽然水乾了，多少萬的生物立即枯死。自然是毫無感情的，《老子》稱之曰天地不仁。人這生物本來也受著這種支配，可是他要不安分地去想，想出不自然的仁義來。仁義有什麼不好，這是很合於理想的，只是苦於不能與事實相合。不相信仁義的有福了，他可以老實地去做一隻健全的生物。相信的以為仁義即天道，也可以聖徒似地閉了眼禱告著過一生，這種人雖然未必多有。

許多的人看清楚了事實卻又不能拋棄理想，於是唯有煩悶。這有兩條不同的路，但覺得同樣地可憐。一是沒有法。正如巴斯加耳說過，他受了自然的殘害，一點都不能抵抗，可是他知道如此，而「自然」無知，只此他是勝過自然了。二是有法，即信自然是有知的。他也看見事實打壞了理想，卻幻想這是自然用了別一方式去把理想實現了。說來雖似可笑，然而滔滔者天下皆是也，我們隨便翻書，便可隨時找出例子來。

最顯明的例是講報應。元來因果是極平常的事，正如藥苦糖甜，由於本質，或殺人償命，欠債還錢，是法律上所規定，當然要執行的。但所謂報應則不然。這是在世間並未執行，卻由別一勢力在另一時地補行之，蓋是弱者之一種願望也。前讀筆記，見此類紀事很以為怪，曾云：

「我真覺得奇怪，何以中國文人這樣喜歡講那一套老話，如甘蔗滓的一嚼再嚼，還有那麼好的滋味。最顯著的一例是關於所謂逆婦變豬這類的記事。在阮元的

《廣陵詩事》卷九中有這樣的一則云云。阮雲臺本非俗物，於考據詞章之學也有成就，乃喜紀錄此等惡濫故事，殊不可解。」

近日讀郝懿行的詩文隨筆，此君文章學識均為我所欽敬，乃其筆錄中亦常不能免俗。又袁小修日記上海新印本出版，比所藏舊本多兩卷，重閱一過，發現其中談報應的亦頗不少，而且多不高明。因此乃歎此事大難，向來亂讀雜書，見關於此等事思想較清楚者只有清朝無名的兩人，即漢軍劉玉書四川王侃耳。若大多數的人則往往有兩個世界，前世造了孽，所以在這世無端地挨了一頓屁股或其他，這世作了惡，再拖延到死後去下地獄，這樣一來，世間種種疑難雜事大抵也就可以解決了。

從報應思想反映出幾件事情來。一是人生的矛盾。理想是仁義，而事實乃是弱肉強食。強者口說仁義，卻仍吃著肉。皇帝的事情是不敢說的了，武人官吏土豪流賊的無法無天怎麼解說呢？這只能歸諸報應，無論是這班殺人者將來去受報也好，或者被殺的本來都是來受報的也好，總之這矛盾就搪塞過去了。

二是社會的缺陷。有許多惡事，在政治清明法律完備的國家大抵隨即查辦，用不著費陰司判官的心的，但是在亂世便不可能，大家只好等候俠客義賊或是閻羅老子來替他們出氣，所以我頗疑《水滸傳》《果報錄》的盛行即是中國社會混亂的一種證據。可是也有在法律上不成大問題的，文人看了很覺得可惡，大有欲得而甘心之意，也就在他筆下去辦他一下，那自然更是無聊，這裡所反映出來的乃只是道學家的脾氣罷了。

甘熙著《白下瑣言》卷三有一則云：「正陽門外有地不生青草，為方正學先生受刑處。午門內正殿堤石上有一凹，雨後拭之血痕宛然，亦傳為草詔時齒血所濺。蓋忠義之氣融結宇宙間，歷久不磨，可與黃公祠血影石並傳。」

這類的文字我總讀了愀然不樂。孟德斯鳩臨終有言，據嚴幾道說，帝利之大如吾力之為微。人不承認自己的微，硬要說得闊氣，這是很可悲的事。如上邊所說，河水乾了，幾千萬的魚蝦蟲豸一齊枯死。一場惡戰，三軍覆沒，一場株連，十族夷滅，死者以萬千計。此在人事上自當看作一大變故，在自然上與前者事同一律，天地未必為變色，宇宙亦未必為震動也。河水不長則陸草生焉，水長復為小河，生物亦生長如故，戰場及午門以至弼教坊亦然，土花石暈不改故常，方正學雖有忠義之氣，豈能染汙自然尺寸哉。

俗人不悲方君的白死，宜早早湮沒藉以慰安之，乃反為此等曲說，正如茅山道士諱虎噬為飛升，稱被殺曰兵解，彌復可笑矣。曾讀英國某人文云，世俗確信公理必得最後勝利，此不盡然，在教派中有先屈後伸者，蓋因壓迫者稍有所顧忌，芟夷不力之故，古來有若干宗派確被滅盡，遂無復孑遺。

此鐵冷的事實正紀錄著自然的真相，世人不察，卻要歪曲了來說，天讓正人義士被殺了，還很愛護他，留下血跡以示褒揚。倘若真是如此，這也太好笑，豈不與獵師在客座牆上所嵌的一個鹿頭相同了麼？

王彥章曰，豹死留皮，人死留名。豹的一生在長林豐草間，及為虎咬蛇吞，便乾脆了事，不幸而死於獵戶之手，多留下一張皮毛為貴人作坐墊，此正是豹之「獸恥」也。彥章武夫，不妨隨便說，若明達之士應知其非。聞有法國詩人微尼氏曾作一詩曰「狼之死」，有畫廊派哲人之風，是殆可謂的當的人生觀歟。

【附記】

年紀大起來了，覺得應該能夠寫出一點沖淡的文章來吧。如今反而寫得那麼劍拔弩張，自己固然不中意，又怕看官們也不喜歡，更是過意不去。

十月三日記。

入廁讀書

郝懿行著《曬書堂筆錄》卷四有入廁讀書一條云：

「舊傳有婦人篤奉佛經，雖入廁時亦諷誦不輟，後得善果而竟卒於廁，傳以為戒，雖出釋氏教人之言，未必可信，然亦足見污穢之區，非諷誦所宜也。《歸田錄》載錢思公言平生好讀書，坐則讀經史，臥則讀小說，上廁則閱小詞，謝希深亦言宋公垂每走廁必挾書以往，諷誦之聲琅然聞於遠近。

「余讀而笑之，入廁脫褲，手又攜卷，非惟太褻，亦苦甚忙，人即篤學，何至乃爾耶。至歐公謂希深言平生所作文章多在三上，乃馬上枕上廁上也，蓋惟此尤可以屬思爾，此語卻妙，妙在親切不浮也。」

郝君的文章寫得很有意思，但是我稍有異議，因為我是頗贊成廁上看書的。小時候聽祖父說，北京的跟班有一句口訣云，老爺吃飯快，小的拉矢快，跟班的話裡含有一種討便宜的意思，恐怕也是事實。一個人上廁的時間本來難以一定，但總未必很短，而且這與吃飯不同，無論時間怎麼短總覺得這是白費的，想方法要來利用他一下。如吾鄉老百姓上茅坑時多順便喝一筒旱煙，或者有人在河沿石磴下淘米洗衣，或有人挑擔走過，又可以高聲談話，說這米幾個銅錢一升或是到什麼地方去。讀書，這無非是喝旱煙的意思罷了。

話雖如此，有些地方元來也只好喝旱煙，於讀書是不大相宜的。上文所說浙江某處一帶沿河的茅坑，是其一。從前在南京曾經寄寓在一個湖南朋友的書店裡，這位朋友姓劉，我從趙伯先那邊認識了他，那年有鄉試，他在花牌樓附近開了一家書店，我患病住在學堂裡很不舒服，他就叫我住到他那裡去，替我煮藥煮粥，招呼考相公賣書，暗地還要運動革命，他的精神實在是很可佩服的。

我睡在櫃檯裡面書架子的背後，吃藥喝粥都在那裡，可是便所卻在門外，要走出店門，走過一兩家門面，一塊空地的牆根的垃圾堆上。到那地方去我甚以為苦，這一半固然由於生病走不動，就是在康健時也總未必願意去的，是其二。

民國八年夏我到日本日向去訪友，住在一個名叫木城的山村裡，那裡的便所雖然同普通一樣上邊有屋頂，周圍有板壁門窗，但是他同住房離開有十來丈遠，孤立田間，晚間要提了燈籠去，下雨還得撐傘，而那裡雨又似乎特別多，我住了五天總有四天是下雨，是其三。

末了是北京的那種茅廁，只有一個坑兩垛磚頭，雨淋風吹日曬全不管。去年往定州訪伏園，那裡的茅廁是琉球式的，人在岸上，豬在坑中，豬咕咕的叫，不習慣的人難免要害怕，那有工夫看什麼書，是其四。

《語林》云，石崇廁有絳紗帳大床，茵蓐甚麗，兩婢持錦香囊，這又是太闊氣了，也不適宜。其實我的意思是很簡單的，只要有屋頂，有牆有窗有門，晚上可以點燈，沒有電燈就點白蠟燭亦可，離住房不妨有二三十步，雖然也要用雨傘，好在北方不大下雨。如有這樣的廁所，那麼上廁時隨意帶本書去讀讀我想倒還是嘸啥的吧。

谷崎潤一郎著《攝陽隨筆》中有一篇《陰翳禮贊》，第二節說到日本建築的廁所的好處。在京都奈良的寺院裡，廁所都是舊式的，陰暗而掃除清潔，設在聞得到綠葉的氣味青苔的氣味的草木叢中，與住房隔離，有板廊相通。蹲在這陰暗光線之中，受著微明的紙障的反射，耽於瞑想，或望著窗外院中的景色，這種感覺真是說不出地好。

他又說：

「我重複地說，這裡須得有某種程度的陰暗，徹底的清潔，連蚊子的呻吟聲也聽得清楚地寂靜，都是必須的條件。我很喜歡在這樣的廁所裡聽蕭蕭地下著的雨聲。特別在關東的廁所，靠著地板裝有細長的掃出塵土的小窗，所以那從屋簷或樹葉上滴下來的雨點，洗了石燈籠的腳，潤了跕腳石上的苔，幽幽地沁到土裡去的雨聲，更能夠近身地聽到。實在這廁所是宜於蟲聲，宜於鳥聲，亦復宜於月夜，要賞識四季隨時的物情之最相適的地方，恐怕古來的俳人曾從此處得到過無數的題材吧。這樣看來，那麼說日本建築之中最是造得風流的是廁所，也沒有什麼不可。」

谷崎壓根兒是個詩人，所以說得那麼好，或者也就有點華飾，不過這也只是在文字上，意思卻是不錯的。日本在近古的戰國時代前後，文化的保存與創造差不多全在五山的寺院裡，這使得風氣一變，如由工筆的院畫轉為水墨的枯木竹石，建築自然也是如此，而茶室為之代表，廁之風流化正其餘波也。

佛教徒似乎對於廁所向來很是講究。偶讀大小乘戒律，覺得印度先賢十分周密地注意於人生各方面，非常佩服，即以入廁一事而論，後漢譯《大比丘三千威儀》

下列舉「至舍後者有二十五事」，宋譯《薩婆多部毗尼摩得勒伽》六自「云何下風」至「云何籌草」凡十三條，唐義淨著《南海寄歸內法傳》二有第十八「便利之事」一章，都有詳細的規定，有的是很嚴肅而幽默，讀了忍不住五體投地。

我們又看《水滸傳》魯智深做過菜頭之後還可以升為淨頭，可見中國寺裡在古時候也還是注意此事的。但是，至少在現今這總是不然了，民國十年我在西山養過半年病，住在碧雲寺的十方堂裡，各處走到，不見略略像樣的廁所，只如在《山中雜信》五所說：

「我的行蹤近來已經推廣到東邊的水泉。這地方確是還好，我於每天清早沒有遊客的時候去徜徉一會，賞鑒那山水之美。只可惜不大乾淨，路上很多氣味，——因為陳列著許多《本草》上的所謂人中黃。我想中國真是一個奇妙的國，在那裡人們不容易得著營養料，也沒有方法處置他們的排泄物。」

在這種情形之下，中國寺院有普通廁所已經是大好了，想去找可以冥想或讀書的地方如何可得。出家人那麼拆爛汙，難怪白衣矣。

但是假如有乾淨的廁所，上廁時看點書卻還是可以的，想作文則可不必。書也無須分好經史子集，隨便看看都成，我有一個常例，便是不拿善本或難懂的書去，雖然看文法書也是尋常。據我的經驗，看隨筆一類最好，頂不行的是小說。至於朗誦，我們現在不讀八大家文，自然可以無須了。（十月）

廣東新語

近來買了一兩部好書。不，這所謂好書，只是自己覺得喜歡罷了，並不是什麼難得的珍本，反正這都是幾塊錢一部的書，因為價廉所以覺得物美也未可知。

這書一部是金聖歎的《唱經堂才子書滙稿》，一部是屈翁山的《廣東新語》。著者是明朝的遺民，書卻都是清朝板，差幸是康熙年的刻本，還覺得可喜。我平常有一種怪脾氣，頂討厭那書裡的避諱字，特別是清朝的。譬如桓字沒有末筆，便當作「帖體」看待，玄弘二字雖然宋朝也有，卻有點看不順眼了，至於沒臂膊的胤字與沒有兩隻腳的顒字則簡直不成樣子，見了令人生氣。順治時刻的書沒有這些樣子，所以頂乾淨，康熙刻本裡只有兩個字，燁字又很少見，也還將就得去，至於書刻得精不精尚在其次。

我很喜歡講風物的書。小時候在叢書裡見到《南方草木狀》，《嶺表錄異》，

《北戶錄》等小冊子，覺得很有興味，唐以後書似乎沒有什麼了，《爾雅》統系的自然在外。明朝的有謝在杭的《五雜組》十六卷，雖然並不是講一地方的，物部四卷裡卻有不少的好材料，而且文章也寫得簡潔有致。

志地方風物的我在先有周櫟園的《閩小記》四卷，今又加上這《廣東新語》二十八卷，同樣是我所愛讀的。這本來與古地志如朱長文的《吳郡圖經續記》，高似孫的《剡錄》等該是同類，不過更是隨筆的了，文藝趣味因此增高，在乙部的地位也就變動，雖然還自有其價值。《五雜組》卷一有一則記閩中雪云：

「閩中無雪，然間十餘年亦一有之，則稚子里兒奔走狂喜，以為未始見也。余憶萬曆戊子二月初旬天氣陡寒，家中集諸弟妹構火炙蠣房啖之，俄而雪花零落如絮，逾數刻地下深幾六七寸，童兒爭聚為鳥獸，置盆中戲樂，故老云數十年未之見也。至嶺南則絕無矣。柳子厚答韋中立書云，二年冬大雪，逾嶺被越中數州，數州之犬皆倉皇噬吠，狂走累日。此言當不誣也。」

《廣東新語》卷一天語中說冰云：

「粵無冰，其民罕知有南風合冰東風解凍之說。歲有微霜則百物蕃盛，諺曰，勤下糞不如早犁田，言打霜也。冰生於霜，粵無冰，以無霜也，故語曰嶺南無地著秋霜，又曰天蠻不落雪。即或有微冰，輒以為雪，或有微雪以為冰，人至白首有冰雪不能辨者。……或極寒亦有微霰，然未至地已復為雨矣。少陵云，南雪不到地，是矣。」

二文均佳，而《新語》娓娓百十言說粵之無冰無霜雪乃尤妙。或言有撰《北歐冰地志》者，其第二十章曰「關於蛇類」，文只一句云，「冰地無蛇。」莊諧不同，大意有相似者。

卷二地語中記陳村茭塘洸口四市茶園諸文並佳，今節錄其四市一文之上半云：

「東粵有四市。一曰藥市，在羅浮沖虛觀左，亦曰洞天藥市。有搗藥禽，其聲玎璫如鐵杵臼相擊，一名紅翠，山中人視其飛集之所知有靈藥，羅浮故多靈藥，而以紅翠為導，故亦稱藥師。一曰香市，在東莞之寥步，凡莞香生熟諸品皆聚焉。一曰花市，在廣州七門，所賣止素馨，無別花，亦猶洛陽但稱牡丹曰花也。一曰珠市，在廉州城西賣魚橋畔，盛平時蚌殼堆積，有如玉阜。土人多以珠肉餉客，雜薑齏，食之味甚甘美，其細珠若粱粟者亦多實於腹中矣。語曰，生長海隅，食珠衣珠。」

又卷三山語中記羅浮山有云：

「山遠視之，一雲也。大約陰則雲在上，晴則雲在下，半陰半晴則雲在中以為常，頂曰飛雲，言常在雲中不可見也。又羅山在西多陰，故雲常在其上，浮山在東多陽，故雲常在其下。日之出浮山先見，而羅山次之，以雲在其下故也。

石洞多石，一山之石若皆以此為歸，大小積疊無根柢。有曰掛冠石者，一砥一峙，峙者高數尋，砥者可坐人百許，尤傑出。自石罅行百餘武，夾壁一懸泉，僅三十尺，影蔽楓林而下，猿猴飲者出沒水花中，見人弗畏。此洞之最幽處也。」

《新語》的文章不像《景物略》或《夢憶》那樣波峭，但清疏之中自有幽致。全書中佳文甚多，不勝謄錄，其特別有意思者則卷十二詩語中有粵歌一則，凡二千三百餘言，紀錄民間歌謠，今抄取數節：

「粵俗好歌，凡有吉慶必唱歌以為歡樂，以不露題中一字，語多雙關而中有掛折者為善。掛折者，掛一人名於中，字相連而意不相連者也。其歌也，辭不必全雅，平仄不必全葉，以俚言土音襯貼之，唱一句或延半刻，曼聲長節，自回自覆，不肯一往而盡，辭必極其豔，情必極其至，使人喜悅悲酸而不能已已，此其為善之大端也。……

「其歌之長調者如唐人《連昌宮詞》《琵琶行》等，至數百言千言，以三弦合之，每空中弦以起止，蓋太簇調也，名曰摸魚歌。或婦女歲時聚會，則使瞽師唱之，如元人彈詞曰某記某記者，皆小說也，其事或有或無，大抵孝義貞烈之事為多，竟日始畢一記，可勸可戒，令人感泣沾襟。其短調蹋歌者不用弦索，往往引物連類，委曲譬喻，多如子夜竹枝。如曰，中間日出四邊雨，記得有情人在心。曰，一樹石榴全著雨，誰憐粒粒淚珠紅。曰，燈心點著兩頭火，為娘操盡幾多心。曰，妹相思，不作風流到幾時，只見風吹花落地，那見風吹花上枝。

「蜘蛛曲曰，天旱蜘蛛結夜網，想晴只在暗中絲。又曰，蜘蛛結網三江口，水推不斷是真絲。又曰，妹相思，蜘蛛結網恨無絲，花不年年在樹上，娘不年年作女兒。竹葉歌曰，竹葉落，竹葉飛，無望翻頭再上枝，擔傘出門人叫嫂，無望翻頭做女時。素馨曲曰，素馨棚下梳橫髻，只為貪花不上頭，十月大禾未入米，問娘花浪幾時收。……

「有曰，一更雞啼雞拍翼，二更雞啼雞拍胸，三更雞啼郎去廣，雞冠沾得淚花紅。有曰，歲晚天寒郎不回，廚中煙冷雪成堆，竹篙燒火長長炭，炭到天明半作灰。有曰，柚子批皮瓤有心，小時則劇到如今，頭髮條條梳到尾，鴛鴦怎得不相尋。有曰，大頭竹筍作三椏，敢好後生無置家，敢好早禾無入米，敢好攀枝無晾花。敢好者言如此好也。」

李雨村輯《南越筆記》十六卷，多抄《新語》原文，此篇亦在內，題曰粵俗好歌，但均不注出處，是一大毛病。《閩小記》文章亦佳，櫟園思想卻頗舊，不大能夠瞭解那時的新文藝傾向，故書中關於閩歌沒有類似的紀載，或者因為他不是本地人，所以不懂得，也說不定。

清末郭柏蒼著《竹間十日話》六卷，卷五中有一則云：

「月光光，照池塘，騎竹馬，過洪塘，洪塘水深不得渡，娘子撐船來接郎。此福州兒輩曲也，明韓晉之先生載入文集中，謂此古三言詩也，閩無風，此卻可當閩風。村農插秧歌云，等郎等到月上時，月今上了郎未來。（葉音黎。《詩》，羊牛下來。《王母白雲謠》，尚復能來。）莫是奴屋山低月出早，莫是郎屋山高月出遲？不是出早與出遲，大半是郎沒意來。記得當初未娶嫂，三十無月暗也來。詞雖鄙褻，往復再三，亦文人才士托興彤管也。」

墨憨齋整十卷的編刊《山歌》只好算是例外，像這樣能夠賞識一點歌謠之美者，在後世實在也是不可多得了。

屈翁山在明遺民中似乎是很特別的一個，其才情似錢吳，其行徑似顧黃，或者還要崛強點，所以身後著作終於成了禁書，詩文集至今我還未曾買得。《廣東新語》本來也在禁中，清末在廣東有了重刊本，通行較多。就是在這記風物的書中著者也時時露出感憤之氣，最顯著的是卷二地語中遷海這一篇，其上半云：

「粵東瀕海，其民多居水鄉，十里許輒有萬家之村，千家之砦，自唐宋以來，田廬丘墓子孫世守之勿替，魚鹽蜃蛤之利藉為生命。歲壬寅二月忽有遷民之令，滿洲科爾坤介山二大人者親行邊徼，令濱海民悉徙內地五十里，以絕接濟臺灣之患。於是麾兵折界，期三日盡夷其地，空其人，民棄資攜累，倉卒奔逃，野處露棲，死亡載道者以數十萬計。明年癸卯華大人來巡邊界，再遷其民。

「其八月，伊呂二大人復來巡界。明年甲辰三月，特大人又來巡界。遑遑然以海防為事，民未盡空為慮，皆以臺灣未平故也。先是人民被遷者以為不久即歸，尚不忍捨離骨肉，至是飄零日久，養生無計，於是父子夫妻相棄，痛哭分攜，斗粟一兒，百錢一女，豪民大賈致有不損錙銖不煩粒米而得人全室以歸者。

「其丁壯者去為兵，老弱者輾轉溝壑，或闔家飲毒，或盡帑投河，有司視如螻蟻，無安插之恩，親戚視如泥沙，無周全之誼。於是八郡之民死者又以數十萬計。民既盡遷，於是毀屋廬以作長城，掘墳塋而為深塹，五里一墩，十里一台，東起大虎門，西迄防城，地方三千餘里，以為大界，民有闌出咫尺者執而誅戮之，而民之以誤出牆外死者又不知幾何萬矣。自有粵東以來，生靈之禍莫慘於此。」

這一篇可以說是文情俱至了，然而因此難免於違礙，此正是常例也。書中禽獸草木諸語中尚多有妙文，今不再錄，各文大抵轉抄在《南越筆記》中，容易得見，若遷海者蓋不可見者也。

廿四年九月十一日，於北平。

嶺南雜事詩鈔

近來不知怎的似乎與廣東很有緣分，在一個月裡得到了三部書，都是講廣東風土的。一是屈大均著的《廣東新語》二十八卷，一是李調元輯的《南越筆記》十六卷，一是陳坤著的《嶺南雜事詩鈔》八卷。這都不是去搜求來的，只是偶爾碰見，隨便收下，但是說這裡仍有因緣，那也未始不可以這樣說。

我喜歡看看講鄉土風物的書，此其一。關於廣東的這類書較多，二也。本來各地都有這些事可講，卻是向來不多見，只有兩廣是特別，自《南方草木狀》，《北戶錄》，《嶺表錄異》以來著述不絕，此外唯閩蜀略可相比，但熱鬧總是不及了。

屈翁山是明朝的遺民，《廣東新語》成了清朝的禁書，這於書也是一個光榮吧。但就事論事，我覺得這是一部很好的書，內容很豐富，文章也寫得極好，隨便取一則讀了都有趣味，後來講廣東事情的更忍不住要抄他。其分類為天地山水石等二十八語，奇而實正，中有墳語香語，命名尤可喜。從前讀《酉陽雜俎》，覺得段柯古善於立新奇的篇名，如屍穸，如黥，如肉攫部等，《新語》殆得其遺意歟。

卷八女語中乃列入椓者一則，殊覺可笑，本來已將瘋人和盜收在卷七人語之末，那麼椓者亦何妨附驥尾？但我在這條裡得到很好的材料，據說五代末劉時重用宦官，「進士狀頭或釋道有才略可備問者皆下蠶室，令得出入宮闈」，因知明朝遊龍戲鳳的正德皇帝之閹割優伶蓋亦有所本也。

《南越筆記》出來的時候，《廣東新語》恐怕已經禁止了，但如我上邊所說，李雨村確也忍不住要抄他，而且差不多全部都選抄，元來說是輯，所以這並不妨，只可惜節改得多未能恰好。卷四有南越人好巫一則，係並抄《新語》卷六神語中祭厲及二司之文。而加「南越人好巫」一語於其前，即用作題目，據我看來似不及原本。二司條下列記五種神道，全文稍長今不具錄，但抄其下半於左：

「有急腳先鋒神者，凡男女將有所私，從而禱之，往往得其所欲，以香囊酬之。神前香囊堆積，乞其一二，則明歲酬以三四。新興有東山神者，有處女採桑過焉，歌曰，路邊神，爾單身，一蠶生二繭，吾舍作夫人。還家果一蠶二繭，且甚巨。是夜風雨大作，女失所之，有一紅絲自屋起牽入廟中，追尋之，兀坐無聲息矣。遂泥而塑之，稱羅夫人。番禺石壁有恩情神者，昔有男女二人於舟中目成，將及岸，女溺於水，男從而援之，俱死焉，二屍浮出，相抱不解，民因祠以為恩情廟。此皆叢祠之淫者。民未知義，以淫祠為之依歸，可悲也。」

《筆記》所錄沒有民未知義以下十四字，我想還是有的好。這令我想起永井荷風的話來。荷風在所著《東京散策記》第二篇《淫祠》中曾說過：

「我喜歡淫祠。給小胡同的風景添點情趣，淫祠要遠勝銅像更有審美的價值。」他後來列舉對那歡喜天要供油炸的饅頭，對大黑天用雙叉的蘿蔔，對稻荷神獻奉油豆腐等等荒唐無稽的風俗之後，結論說道：

「天真爛漫的而又那麼鄙陋的此等愚民的習慣，正如看那社廟的滑稽戲和醜男子舞，以及猜謎似的那還願的扁額上的拙稚的繪畫，常常無限地使我的心感到慰安。這並不單是說好玩。在那道理上議論上都無可說的荒唐可笑的地方，細細地想時卻正感著一種悲哀似的莫名其妙的心情也。」我們不能說屈翁山也有這種心情，但對於民眾的行事頗有同情之處，那大抵是不錯的吧。

《嶺南雜事詩鈔》有些小注也仍不能不取自《新語》，雖然並不很多，大約只是名物一部分罷了。卷一有一首詠急腳先鋒的，注語與上文所引正同，詩卻很有意思：「既從韓壽得名香，一瓣分酬錦繡囊。但願有情成眷屬，神仙原自羨鴛鴦。」

民國初年我在大路口地攤上得到過一個秘戲錢，製作頗精，一面「花月宜人」四大字，一面圖上題八字云，「得成比翼，不羨神仙。」這與詩意可互相發明。《雜事詩》卷七又有詠露頭妻的一首，詩云：

「乍聚風萍未了因，鏡中鸞影本非真。浮生可慨如朝露，飛灑楊花陌路人。」

注云：

「粵俗小戶人家男女邂逅，可同寢處，儼若夫婦，稍相忤觸，輒仍離異，故謂之露頭妻，猶朝露之易晞也。」

案此即所謂姘頭，國內到處皆有，大抵鄉村較少，若都市商埠則極尋常。駢枝生著《拱辰橋踏歌》卷上有一則云：

「東邊封起鴛鴦山，西邊宕出鴛鴦場。鴛鴦飛來鴛鴦住，鴛鴦個恩情勿久長。」

這幾首詩都頗有風人之旨，因為沒有什麼輕薄或道學氣，還可以說是溫厚。這是《雜事詩鈔》的一種特色。

此外還有一種特色，則是所詠大部分是關於風俗的。《詩鈔》全部八卷共三百八十八首，差不多有五卷都是人事，詩數在二百首以上。草木鳥獸蟲魚的記錄在散文上容易出色，做成韻文便是詠物詩，詠得不工固然不好，詠得工又是別一樣無聊，故集中才七十首，餘則皆古蹟名勝也。

卷五詠「半路吹」云：

「妾本風前楊柳枝，隨風飄蕩強支持。果能引鳳秦台住，簫管何妨半路吹。」

自注云：

「粵俗貧家鬻女作妾，恐鄰家姍笑，先向納妾者商明，用彩輿鼓吹登門迎娶，至中途改裝前往，謂之半路吹。」與上文露頭妻均是好例，記述民間俚俗，而詩亦有風致。

又卷七詠「火輪船」云：

「機氣相資水火功，不須人力不須風，暗輪更比明輪穩，千里滄波一日通。」

注云：

「火輪船製自外洋，輪有明暗之分，以火蒸水取氣激輪而行，瞬息百里，巧奪天工，近年中華俱能仿造，長江內河一律駛用矣。」

詩並不佳，只取其意思明達，對於新事物亦能瞭解耳。

我們隨便拿陶方琦的詩來比較，在《湘麋閣遺詩》卷二有《坐火輪車至吳淞》一詩，末四句云：

「滬中地力久虛竭，鑿空騁險宜荒陬，自予不守安步戒，西人於汝夫何尤。」陶君雖是吾鄉學者，但此等處自不甚高明，不能及陳子厚。陶詩作於光緒丁醜，《如不及齋集》亦在此時刻成，陳詩之作當在陶前也。

十月十日。

隅田川兩岸一覽

我有一種嗜好。說到嗜好平常總沒有什麼好意思，最普通的便是抽雅片煙，或很風流地稱之曰「與芙蓉城主結不解緣」。這種風流我是沒有。此外有酒，以及茶，也都算是嗜好。

我從前曾經寫過一兩篇關於酒的文章，彷彿是懂得酒味道似的，其實也未必。民十以後醫生叫我喝酒，就每天用量杯喝一點，講到我的量那是只有紹興半斤，曾同故王品青君比賽過，三和居的一斤黃酒兩人分喝，便醺醺大醉了。今年又因醫生的話而停止喝酒，到了停止之後我乃恍然大悟自己本來不是喝酒的人，因為不喝也就算了，見了酒並不覺得饞。由是可知我是不知道酒的，以前喜歡談喝酒還有點近於偽惡。

至於茶，當然是每日都喝的，正如別人一樣。不過這在我也當然不全一樣，因為我不合有苦茶庵的別號，更不合在打油詩裡有了一句「且到寒齋吃苦茶」，以至為普天下志士所指目，公認為中國茶人的魁首。這是我自己招來的筆禍，現在也不必呼冤叫屈，但如要就事實來說，卻亦有可以說明的地方。我從小學上了紹興貧家的習慣，不知道喝「撮泡茶」，只從茶缸裡倒了一點「茶汁」，再羼上溫的或冷的白開水，骨都骨都地咽下去。這大約不是喝茶法的正宗吧？

夏天常喝青蒿湯，並不感覺什麼不滿意，我想柳芽茶大抵也是可以喝的。實在我雖然知道茶肆的香片與龍井之別，恐怕柳葉茶葉的味道我不見得辨得出，大約只是從習慣上要求一點苦味就算數了。現在每天總吃一壺綠茶，用一角錢一兩的龍井或本山，約須葉二錢五分，計值銀二分五厘，在北平核作銅元七大枚，說奢侈固然夠不上，說嗜好也似乎有點可笑，蓋如投八大枚買四個燒餅吃是極尋常事，用不著什麼考究者也。

以上所說都是吃的，還有看的或聽的呢？一九〇六年以後我就沒有看過舊戲，電影也有十年不看了。中西音樂都不懂，不敢說有所好惡。書畫古董隨便看看，但是跑到陳列所去既怕麻煩，自己買又少這筆錢，也就沒有可看，所有的幾張字畫都只是二三師友的墨蹟，古董雖號稱有「一架」，實亦不過幾個六朝明器的小土偶和好些耍貨而已。

據尤西堂在《艮齋雜說》卷四說：

「古人癖好有極可笑者。蔡君謨嗜茶，老病不能飲，則烹而玩之。呂行甫好墨而不能書，則時磨而小啜之。東坡亦云，吾有佳墨七十九，而猶求取不已，不近愚耶。近時周櫟園藏墨千鋌，作祭墨詩，不知身後竟歸誰何。子不磨墨，墨當磨子，此阮孚有一生幾兩屐之歎也。」

這種風致唯古人能有，我們凡夫豈可並論，那麼自以為有癖好其實亦是僭妄虛無的事，即使對於某事物稍有偏向，正如行人見路上少婦或要多看一眼，亦本是人情之自然，未必便可自比於好色之君子也。

說到這裡，上文所云我有一種嗜好的話幾乎須得取消了，但既是寫下了也就不好那麼一筆勾消，所以還只得接著講下去。

所謂嗜好到底是什麼呢？這是極平常的一件事，便是喜歡找點書看罷了。看書真是平常小事，不過我又有點小小不同，因為架上所有的舊書固然也拿出來翻閱或檢查，我所喜歡的是能夠得到新書，不論古今中外新刊舊印，凡是我覺得值得一看的，拿到手時很有一種愉快，古人詩云，老見異書猶眼明，或者可以說明這個意思。

天下異書多矣，只要有錢本來無妨「每天一種」，然而這又不可能，讓步到每週每旬，還是不能一定辦到，結果是愈久等愈希罕，好像吃銅槌飯者（銅槌者銅鑼的槌也，鄉間稱一日兩餐曰扁擔飯，一餐則云銅槌飯）捏起飯碗自然更顯出加倍的饞癆，雖然知道有旁人笑話也都管不得了。

我近來得到的一部書，共三大冊，每冊八大頁，不過一刻鐘可以都看完了，但是我卻很喜歡。這書名為「繪本隅田川兩岸一覽」，葛飾北齋畫，每頁題有狂歌兩首或三首，前面有狂歌師壺十樓成安序，原本據說在文化三年（一八〇六）出版，去今才百三十年，可是現在十分珍貴難得，我所有的大正六年（一九一七）風俗繪卷圖畫刊行會重刻本，木板著色和紙，如不去和原本比較可以說是印得夠精工的了，舊書店的賣價是日金五圓也。北齋畫譜的重刻本也曾買了幾種，大抵是墨印或單彩，這一種要算最好。

卷末有刊行會的跋語，大約是久保田米齋的手筆，有云：

「此書不單是描寫蘸影於隅田川的橋梁樹林堂塔等物，並仔細描畫人間四時的行樂，所以亦可當作一種江戶年中行事繪卷看，當時風習躍然現於紙上。且其圖畫中並無如散見於北齋晚年作品上的那些誇張與奇癖，故即在北齋所揮灑的許多繪本之中亦可算作優秀的佳作之一。」

永井荷風著《江戶藝術論》第三篇論「浮世繪之山水畫與江戶名所」，以北齋廣重二家為主，講到北齋的這種繪本也有同樣的批評：

「看此類繪本中最佳勝的《隅田川兩岸一覽》，可以窺知北齋夙長於寫生之技，又其戲作者的觀察亦甚為銳敏。而且在此時的北齋畫中，後來大成時代所常使我們感到不滿之支那畫的感化未甚顯著，是很可喜的事。如《富岳三十六景》及《諸國瀑布巡覽》，其設色與布局均極佳妙，是足使北齋不朽的傑作，但其船舶其人物樹木家屋屋瓦等不知怎地都令人感到支那風的情趣。例如東都駿河台之圖，佃島之圖，或武州多摩川之圖，一見覺得不像日本的樣子。《隅田川兩岸一覽》卻正相反，雖然其筆力有未能完全自在處，但其對於文化初年江戶之忠實的寫生頗能使我們如所期望地感觸到都會的情調。」

又說明其圖畫的內容云：

「書共三卷，其畫面恰如展開繪卷似地從上卷至下卷連續地將四時的隅田川兩岸的風光收入一覽。開卷第一出現的光景乃是高輪的天亮。孤寂地將斗篷裹身的馬上旅人的後邊，跟著戴了同樣的笠的幾個行人，互相前後地走過站著斟茶女郎的茶店門口。茶店的蘆簾不知道有多少家地沿著海岸接連下去，成為半圓形，一望不斷，遠遠地在港口的波上有一隻帶著正月的松枝裝飾的大漁船，巍然地與晴空中的富士一同豎著他的帆檣。

「第二圖裡有戴頭巾穿禮服的武士，市民，工頭，帶著小孩的婦女，穿花衫的姑娘，挑擔的僕夫，都趁在一隻渡船裡，兩個舟子腰間掛著大煙管袋，立在船的頭尾用竹篙刺船，這就是佃之渡。」

要把二十幾圖的說明都抄過來，不但太長，也很不容易，現在就此截止，也總可以略見一斑了。

我看了日本的浮世繪的複印本，總不免發生一種感慨，這回所見的是比較近於原本的木刻，所以更不禁有此感。為什麼中國沒有這種畫的呢？

去年我在東京文求堂主人田中君的家裡見到原刻《十竹齋箋譜》，這是十分珍重的書，刻印確是精工，是木刻史上的好資料，但事實上總只是士大夫的玩意兒罷了。我不想說玩物喪志，只覺得這是少數人玩的。黑田源次編的《支那古板畫圖錄》裡的好些「姑蘇板」的圖畫那確是民間的了，其位置與日本的浮世繪正相等，我們看這些雍正乾隆時代的作品覺得比近來的自然要好一點，可是內容還是不高明。這大都是吉語的畫，如五子登科之類，或是戲文，其描畫風俗景色的絕少。

這一點與浮世繪很不相同。我們可以說姑蘇板是十竹齋的通俗化，但壓根兒同是士大夫思想，窮則畫五子登科，達則畫歲寒三友，其雅俗之分只是樓上與樓下耳。還有一件事，日本畫家受了紅毛的影響，北齋與廣重便能那麼應用，畫出自己的畫來，姑蘇板畫中也不少油畫的痕跡，可是後來卻並沒有好結果，至今畫臺階的大半還是往下歪斜的。此外關於古文拳法湯藥大刀等事的興廢變遷，日本與中國都有很大的差異，說起來話長，所以現在暫且不來多說了。

十月十九日，在北平記。

幼小者之聲

柳田國男的著述，我平時留心搜求，差不多都已得到，除早年絕板的如《後狩詞記》終於未能入手外，自一九〇九年的限定初板的《遠野物語》以至今年新出的增補板《遠野物語》，大抵關於民俗學的總算有了。有些收在預約的大部叢書裡的也難找到，但從前在兒童文庫裡的兩本《日本的傳說》與《日本的故事》近來都收到春陽堂的少年少女文庫裡去，可以零買了，所以只花了二三十錢一本便可到手，真可謂價廉物美。

又有一冊小書，名為「幼小者之聲」，是玉川文庫之一，平常在市面上也少看見，恰好有一位北大的舊學生在玉川學園留學，我便寫信給他，聲明要敲一竹槓，請他買這本書送我，前兩天這也寄來了。共計新舊大小搜集了二十五種，成績總算不壞。

《幼小者之聲》不是普通書店發行的書，可是校對特別不大考究，是一個缺點，如標題有好幾處把著者名字都錯作柳田國夫，又目錄上末了一篇《黃昏小記》錯作黃昏小說。這是「菊半截」百六頁的小冊子，共收小文六篇，都是與兒童生活有關係的。

柳田的作品裡有學問，有思想，有文章，合文人學者之長，雖然有時稍覺有艱深處，但這大抵由於簡練，所以異於塵土地似乾燥。

第三篇題曰「阿杉是誰生的」（Osugi tareno ko ？寫漢字可云阿杉誰之子，但白話中兒子一語只作男性用，這裡阿杉是女性名字，不能適用，只好改寫如上文。）注云旅中小片，是很短的一篇，我讀了覺得很有意思。其首兩節云：

「驛夫用了清晨的聲音連連叫喚著走著，這卻是記憶全無的車站名字。一定還是備後地方，因為三原絲崎尚未到著。揭起睡車的窗簾來看，隔著三町路的對面有一個稍高的山林，在村裡正下著像我們小時候的那樣的雨。說雨也有時代未免有點可笑，實在因為有山圍著沒有風的緣故吧，這是長而且直的，在東京等處見不到的那種雨。

「木柵外邊有兩片田地，再過去是一所中等模樣的農家，正對這邊建立著。板廊上有兩個小孩，臉上顯出玩耍夠了的神氣，坐著看這邊的火車。在往學校之前有叫人厭倦地那麼長閒時間的少年們真是有福了。火車開走以後，他們看了什麼玩耍呢？星期日如下了雨，那又怎樣消遣呢？

「我的老家本來是小小的茅草頂的房子，屋簷是用杉樹皮蓋成的。板廊太高了，說是於小孩有危險，第一為我而舉辦的工事是粗的兩枝竹扶欄，同時又將一種所謂竹水溜掛在外面的簷下，所以看雨的快樂就減少一點了。

「直到那時候，普通人家的屋簷下都是沒有竹水溜的，因此簷前的地上卻有簷溜的窟窿整排的列著。雨一下來，那裡立刻成為盆樣的小池，雨再下得大一點，水便連作一片的在動。細的沙石都聚到這周圍來。我們那時以為這在水面左右浮動的水泡就叫作簷溜的，各家的小孩都唱道：簷溜呀，做新娘吧！

「在下雨的日子到村裡走走，就可以聽見各處人家都唱這樣的歌詞：

簷溜呀，做新娘吧！

買了衣櫥板箱給你。

小孩看了大小種種的水泡回轉動著，有時兩個挨在一起，便這樣唱著賞玩。凝了神看著的時候，一個水泡忽然拍地消滅了，心裡覺得非常惋惜，這種記憶在我還是幽微地存在。這是連笑的人也沒有的小小的故事，可是這恐怕是始於遙遠的古昔之傳統的詩趣吧。今日的都市生活成立以後這就窣地斷掉了，於是下一代的國民就接受不著而完了。這不獨是那簷溜做新娘的歷史而已。」

這文章裡很含著惆悵，不只是學問上的民俗學者的關心，怕資料要消沒了，實在是充滿著人情，讀了令人也同樣地覺得惘然。

《黃昏小記》也是很有意思的小文，如頭幾節云：

「這是雨停止了的傍晚。同了小孩走下院子裡去，折了一朵山茶花給他，葉上的雨點嘩啦嘩啦落在臉上了。小孩覺得很是好玩，叫我給他再搖旁邊的一株楓樹，自己去特地站在底下，給雨淋濕了卻高聲大笑。此後還四面搜尋，看有沒有葉上留著雨水的樹。小兒真是對於無意味的事會很感興趣的。

「我看著這個樣子便獨自這樣的想，現在的人無端地忙碌，眼前有許多非做不可的和非想不可的事。在故鄉的山麓寂寞地睡著的祖父的祖父的祖父的事情，因為沒有什麼關係了，也並不再想到，只簡單地一句話稱之曰祖宗，就是要去想，連名字也都不知道了。史書雖然盡有，平民的事蹟卻不曾寫著。偶然有點餘留下來的紀錄，去當作多忙的人的讀物也未免有點太煩厭吧。

「想要想像古昔普通人的心情，引起同情來，除了讀小說之外沒有別的方法。就是我們一生裡的事件，假如做成小說，那麼或者有點希望使得後世的人知道。可是向來的小說都非奇拔不可，非有勇敢的努力的事蹟不可。

「人愛他的妻子這種現象是平凡至極的。同別的道德不一樣，也不要良心的指導，也不用什麼修養或勉強。不，這簡直便不是道德什麼那樣了不得的東西。的確，這感情是真誠的，是強的，但是因為太平常了，一點都不被人家所珍重。說這樣的話，就是親友也會要笑。所以雖然是男子也要哭出來的大事件，幾億的故人都不曾在社會上留下一片紀錄。

「雖說言語文章是人類的一大武器，卻意外地有苛酷的用法的限制。若是同時代的鄰人的關係，互相看著臉色，會得引起同情，這樣使得交際更為親密，但如隔了五百年或一千年，那就沒有這希望了，只在名稱上算是同國人，並不承認是有同樣普通的人情的同樣的人，就是這樣用過情愛的小孩的再是小孩，也簡直地把我們忘卻了，或是把我們當作神佛看待，總之是不見得肯給我們同等待遇就是了。

「假如有不朽這麼一回事，我願望將人的生活裡最真率的東西做成不朽。我站在傍晚的院子裡想著這樣的事情。與人的壽命共從世間消滅的東西之中，有像這黃昏的花似地美的感情。自己也因為生活太忙，已經幾乎把這也要忘懷了。」

這裡所說的雖是別一件事，即是古今千百年沒有變更的父母愛子之情，但是惆悵還同上邊一樣，這是我所覺得最有意思的。

柳田說古昔的傳統的詩趣在今日都市生活裡忽而斷絕，下一代的國民就接受不著了事。又說平常人心情不被珍重紀錄，言語文章的用法有苛酷的限制。這都包孕著深厚的意義，我對於這些話也都有同感。也有人看了可以說是舊話，但是我知道柳田對於兒童與農民的感情比得上任何人，他的同情與憂慮都是實在的，因此不時髦，卻並不因此而失其真實與重要也。

（十月廿七日）

蔣子瀟遊藝錄

日前得到一冊蔣子瀟所著的《遊藝錄》，有山陰葉承澧的原序，無年月，此乃是光緒戊子長白豫山在湖南所重刻。書凡三卷，卷上凡三十三目，皆象緯推步輿地之說，從《蔣氏學算記》八卷中抄出，門人彭齡在目錄後有附記，云門人等雖聞緒論，莫問津涯者也。

卷下凡二十四目，皆從《讀書日記》十卷中抄出，雜論各家學術得失。第三卷為別錄，凡文八篇，葉序云仙佛鬼神之作，實則為論釋道及剌麻教等關於宗教者七篇，又《天方聲類》序一篇，乃以亞剌伯字來講音韻也。在這裡邊第一分簡直一點不懂，第二分讀了最覺得有意思，可佩服，雖然其後半講醫法術數的十四篇也不敢領教了。

下卷各篇多奇論，如《九流》引龔定庵之言曰，九流之亡儒家最早。又《大儒五人》則列舉鄭司農，漳浦黃公，黃南雷戴東原錢竹汀。但我覺得有趣的卻是不關經學儒術大問題的文章，其論近人古文云：

「余初入京師，於陳石士先生座上得識上元管同異之，二君皆姚姬傳門下都講也，因聞古文緒論，謂古文以方望溪為大宗，方氏一傳而為劉海峰，再傳而為姚姬傳，乃八家之正法也。余時於方姚二家之集已得讀之，唯劉氏之文未見，雖心不然其說而口不能不唯唯。及購得海峰文集詳繹之，其才氣健於方姚而根柢之淺與二家同，蓋皆未聞道也。

「夫文以載道，而道不可見，於日用飲食見之，就人情物理之變幻處閱歷揣摩，而准之以聖經之權衡，自不為迂腐無用之言。今三家之文誤以理學家語錄中之言為道，於人情物理無一可推得去，是所談者乃高頭講章中之道也，其所謂道者非也，八家者唐宋人之文，彼時無今代功令文之式樣，故各成一家之法，自明代以八股文為取士之功令，其熟於八家古文者即以八家之法就功令文之範，於是功令文中鉤提伸縮頓宕諸法往往具八家遺意，傳習既久，千面一孔，有今文無古文矣。

「豪傑之士欲為古文，自必力研古書，爭勝負於韓柳歐蘇之外，別闢一徑而後可以成家，如乾隆中汪容甫嘉慶中陳恭甫，皆所謂開逕自行者也。今三家之文仍是千面一孔之功令文，特少對仗耳。以不對仗之功令文為古文，是其所謂法者非也。余持此論三十年，唯石屏朱丹木所見相同。」

八家以後的古文無非是不對仗的八股，這意見似新奇而十分確實，曾見謝章鋌在《賭棋山莊隨筆》亦曾說及，同意的人蓋亦不少。我卻更佩服他關於道的說法，道不可見，只就日用飲食人情物理上看出來，這就是很平常的人的生活法，一點兒沒有什麼玄妙。正如我在《雜拌兒之二》序上所說，以科學常識為本，加上明淨的感情與清澈的理智，調合成功一種人生觀，「以此為志，言志固佳，以此為道，載道亦復何礙。」

假如蔣君先是那樣說明，再來主張文以載道，那麼我就不會表示反對，蓋我原是反對高頭講章之道，若是當然的人生之路，誰都是走著，所謂何莫由此道也。至於豪傑之士那種做古文法我們可以不論，大抵反抗功令時文只有兩條路走，倒走是古文，順走是白話，蔣君則取了前者耳。

又有袁詩一則云：

「乾隆中詩風最盛，幾於戶曹劉而人李杜，袁簡齋獨倡性靈之說，江南北靡然從之，自薦紳先生下逮野叟方外，得其一字榮過登龍，壇坫之局生面別開。及其既卒而嘲毀遍天下，前之以推袁自矜者皆變而以罵袁自重，毀譽之不足憑，今古一轍矣。平心論之，袁之才氣固是萬人敵也，胸次超曠，故多破空之論，性海洋溢，故有絕世之情，所惜根柢淺薄，不求甚解處多，所讀經史但以供詩文之料而不肯求通，是為袁之所短。

「若刪其浮豔纖俗之作，全集只存十分之四，則袁之真本領自出，二百年來足以八面受敵者袁固不肯讓人也。壽長名高，天下已多忌之，晚年又放誕無檢，本有招謗之理，世人無其才學，不能知其真本領之所在，因其集中惡詩遂並其工者而一概擯之，此豈公論哉。王述庵《湖海詩傳》所選袁詩皆非其佳者，此蓋有意抑之，文人相輕之陋習也。」

這裡對於隨園的批評可謂公平深切，褒貶皆中肯，我們平常只見捧袁或罵袁的文章，這樣的公論未曾見到過。

我頗悔近來不讀袁集，也因為手頭沒有，只憑了好些年前的回憶對於隨園隨便批評，未免失於輕率，我想還得研究一下再說。我並不罵他的講性靈，大抵我不滿隨園的地方是在這裡所說的根柢淺薄，其晚年無檢實在也只是這毛病的一種徵候罷。

罵袁者不曾知其真本領，這話很是的確，王述庵實在也是如此，所以未能選取好詩，未必由於文人相輕。近年來袁中郎漸為人所注意，袁簡齋也連帶地提起，而罵聲亦已大作，蔣君此文或可稍供參考，至於難得大眾的贊同亦自在意中，古今一轍，作者與抄者均見慣不為怪也。

關於蔣子瀟的著作和事蹟，我從玄同借到《碑傳集補》第五十卷，內有夏寅官的《蔣湘南傳》，又從幼漁借到《七經樓文鈔》六卷，其《春暉閣詩》六卷無從去借，只在書店裡找來一冊抄本，面題「盛昱校抄本陳蔣二家詩」，內收元和陳梁叔固始蔣子瀟詩各一卷，各有王鵠所撰小傳一篇，而蔣詩特別少，只有八頁四十三首，紙尾有裁截痕，可知並非完本。

夏寅官所作傳大抵只是集錄《文鈔》中王濟宏劉元培劉彤恩諸人序中語，只篇首云「先世本回部」為各序所無耳，王鵠小傳則云，「故回籍也，而好食肉飲酒」蓋蔣君脫籍已久遠，如《釋藏總論》中云，「回教即婆羅門正派也」，便可見他對於這方面已是頗疏隔的了。

夏傳根據王序，云蔣於道光乙未中式舉人，後乃云道光戊子儀徵張椒雲典河南鄉試時所取中，自相矛盾。末又云：

「林文忠嘗笑椒云曰，吾不意汝竟得一大名士門生。」此蓋亦根據王序，原文云：「往椒雲方伯又為述林文忠公之言曰，吾不意汝竟有如此廓門生。」所謂廓即闊也，夏傳一改易便有點金成石之概。敘述子瀟的學術思想以王劉二序為勝，此外又見鐘駿聲著《養自然齋詩話》卷七有云：

「古經生多不工為詩，兼之者本朝唯毛西河朱竹垞洪北江三人而已，孫淵如通奉以治經廢詩，故其詩傳者絕少。固始蔣子瀟湘南邃於經學，在《七經樓文鈔》於象緯輿地水利韜略之說靡不精究，乃其《春暉閣詩》皆卓然可傳。先生自言初學三李，後師杜韓，久乃棄各家而為一己之詩，又言古詩人唯昌黎通訓詁，故押韻愈險愈穩，訓詁者治經之本，亦治詩之本也。其言可謂切中。」

我於經學以及象緯等等一無所知，古文辭也只一知半解，故對於《文鈔》各篇少能通其奧義，若文章雖不傍人藩籬似亦未甚精妙，詩所見不多，卻也無妨如此說。抄本中有《廢翁詩》四首，因係自詠故頗有意思，有小序云：

「昔歐陽公作《醉翁亭記》，年方四十，其文中有蒼顏白髮語，豈文章政事耗其精血，既見老態，遂不妨稱翁耶。余年五十時自號廢翁，蓋以學廢半途，聰明日減，不復可為世用，宜為天之所廢也，而人或謂稱翁太早。今又四年，鬢髮漸作斑白，左臂亦有風痹之勢，則廢翁二字不必深諱，聊吟小詩以告同人。」

其二四兩首云：

日暮揮戈詎再東，讀書有志奈途窮。
饑驅上座諸侯客，妄想名山太史公。
作賊總非傷事主，欺人畢竟不英雄。
茫茫四顧吾衰甚，文苑何嘗要廢翁。

萬水千山作轉蓬，避人心事效牆東。
那堪辟曆驚王導，幸未刊章捕孔融。
千古奇文尊客難，一場怪事笑書空。
枯魚窮鳥誰憐乞，遮莫歐刀殺廢翁。

據我看來，蔣君的最可佩服的地方還是在他思想的清楚通達，劉元培所謂大而入細，奇不乖純，是也。

如中國人喜言一切學術古已有之，《文鈔》卷四中則有《西法非中土所傳論》，又《遊藝錄》末卷《釋藏總論》中云：

「余嘗問龔定庵曰，宋人謂佛經皆華人之譎誕者假莊老之書為之，然歟？定庵曰，此儒者夜郎自大之說也。余又嘗問俞理初曰，儒者言佛經以初至中華之《四十二章》為真，其餘皆華人所為，信歟？理初曰，華人有泛海者，攜《三國演義》一部，海外人見而驚之，以為此中國之書也，其聰明智慧者嗤笑之，謂中華之書僅如此乎，及有以五經《論語》至者，則傲然不信曰，中華之書只《三國演義》耳，安得有此！世之論佛經者亦猶是也。余因二君之說以流覽釋藏全書，竊以佛經入中華二千餘年而西來本旨仍在明若昧之間，則半晦於譯，半晦於禪學也。」

此與《道藏總論》一篇所說皆甚有意趣，此等文字非普通文人所能作，正如百六十斤的青龍偃月刀要有實力才提得起，使用不著花拳樣棒也。

蔣君的眼光膽力與好談象緯術數宗教等的傾向都與龔定庵俞理初有相似處，豈一時運會使然耶，至宋平子夏穗卿諸先生歿後此風遂凌替，此刻現在則恍是反動時期，滿天下唯有理學與時文耳。

查定庵《己亥雜詩》有一首云：

問我清遊何日最，木樨風外等秋潮，
忽有故人心上過，乃是虹生與子瀟。

注曰，吳虹生及固始蔣子瀟孝廉也。惜近日少忙，不及去翻閱《癸巳存稿》《類稿》，或恐其中亦有說及，只好且等他日再查了。

【附記】

《文鈔》卷四有《與田叔子論古文書》，第一書絕佳，列舉偽古文家八弊，曰奴鑾丐吏魔醉夢喘，可與桐城派八字訣對立，讀之令人絕倒，只可惜這裡不能再抄，怕人家要以我為文抄公也。

【附記二】

近日又借得《春暉閣詩鈔選》二冊，亦同治八年重刊本，凡六卷，詩三百首。

有陽湖洪符孫元和潘筠基二序，《養自然齋詩話》所云蓋即直錄潘序中語，王鵠撰小傳則本明引洪序也。

我於新舊詩是外行，不能有所批評，但有些詩我也覺得喜歡。卷一有《秋懷七首》，其第六云：「研朱點毛詩，鄭孔精神朗，偉哉應聲蟲，足以令神往。俗儒矜一燈，安知日輪廣，辭章如溝潦，豈能活菱蔣。枉費神仙爪，不搔聖賢癢。我心有明鏡，每辨英雄誑。……」諸語頗可喜。《廢翁詩》四章則選中無有，蓋抄而又選，所刪去的想必不少，我得從盛昱本中見之，亦正自有緣分也。

十一月八日記於北平苦雨齋。

模糊

郝蘭皋《曬書堂詩鈔》卷下有七律一首，題曰：「余家居有模糊之名，年將及壯，志業未成，自嘲又復自勵。」詩不佳而題很有意思。其《筆錄》卷六中有模糊一則，第一節云：

「余少小時族中各房奴僕猥多，後以主貧漸放出戶，俾各營生，其遊手之徒多充役隸，余年壯以還放散略盡，顧主奴形跡幾至不甚分明，然亦聽之而已。余與牟默人居址接近，每訪之須過縣署門，奴輩共人雜坐，值余過其前，初不欲起，乃作勉強之色，余每迂道避之，或望見縣門低頭趨過，率以為常，每向先大夫述之以為歡笑。

「吾邑濱都宮者丘長春先生故里也，正月十九是其誕辰，遊者雲集，余偕同人步往，未至宮半里許，見有策驢子來者是奴李某之子曰喜兒，父子充典史書役，邑人所指名也，相去數武外鞭驢甚駛，仰面徑過。時同遊李趙諸子問余適過去者不識耶？曰，識之。騎不下何耶？曰，吾雖識彼，但伊齒卑少更歷，容有不知也。後族中尊者聞之呼來詢詰，支吾而已。又有王某者亦奴子也，嘗被酒登門喧呼，置不問。由是家人被以模糊之名，余笑而頷之。」

清朝乾嘉經師中，郝蘭皋是我所喜歡的一個人，因為他有好幾種書都為我所愛讀，而其文章亦頗有風致，想見其為人，與傅青主顏習齋別是一路，卻各有其可愛處。讀上文，對於他這模糊的一點感到一種親近。寒宗該不起奴婢，自不曾有被侮慢的事情，不能與他相比，而且我也並不想無端地來提倡模糊。模糊與精明相對，卻又與糊塗各別，大抵糊塗是不能精明，模糊是不為精明，一是不能挾泰山以超北海，一則不為長者折枝之類耳。模糊亦有兩種可不可，為己大可模糊，為人便極不該了，蓋一者模糊可以說是恕，二者不模糊是義也。

傅青主著《霜紅龕賦》中有一篇《甦小賦》，末云：

「子弟遇我，亦云奇緣。人間細事，略不謥。還問老夫，亦復無言。倀倀任運，已四十年。」後有王晉榮案語云：

「先生家訓云，世事精細殺，只成得好俗人，我家不要也。則信乎，賢父兄之樂，小傳有焉。」可見這位酒肉道人在家裡鄉裡也是很模糊的，可是二十多年前他替山西督學袁繼咸奔走鳴冤，多麼熱烈，不像別位秀才們的躲躲閃閃，那麼他還是大事不模糊的了。普通的人大抵只能在人間細事上精明，上者注心力於生計，還可以成為一個好俗人，下者就很難說。目前文人多專和小同行計較，真正一點都不模糊，此輩雅人想傳公更是不要了吧？

《曬書堂文集》卷五有《亡書失硯》一篇云：

「昔年余有《顏氏家訓》，係坊間俗本，不足愛惜，乃其上方空白紙頭余每檢閱隨加箋注，積百數十條，後為誰何攜去，至今思之不忘也。又有仿宋本《說文》，是旗人織造額公勒布捐資摹刊，極為精緻，舊時以余《山海經箋疏》易得之者，甚可喜也，近日尋檢不獲，度亦為他人攜去矣。司空圖詩，得劍乍如添健僕，亡書久似憶良朋，豈不信哉。居嘗每恨還書一癡，余所交遊竟絕少癡人，何耶。

「又有蕉葉白端硯一方，係仿宋式，不為空洞，多鴝鵒眼，雕為縣柱，高下相生，如鐘乳垂，頗可愛玩，是十年前膠西劉大木椽不遠千餘里攜來見贈，作匣盛之，置廳事案間，不知為誰攫去，後以移居啟視，唯匣存而已。不忘良友之遺，聊復記之。

「又余名字圖章二，係青田石，大木所鐫，或鬻於市，為牟若洲惇儒見告，遂取以還，而葉仲寅志詵曾於小市鬻得郝氏頓首銅印，作玉箸文，篆法清勁，色澤古雅，葉精金石，云此蓋元時舊物，持以贈餘，供書翰之用，亦可喜也。因念前所失物，意此銅印數十年後亦當有持以贈人而復為誰所喜者矣。」

這裡也可以見他模糊之一斑，而文章亦復可喜，措辭質樸，善能達意，隨便說來彷彿滿不在乎，卻很深切地顯出愛惜惆悵之情，此等文字正是不佞所想望而寫不出者也。在表面上雖似不同，我覺得這是《顏氏家訓》的一路筆調，何時能找得好些材料輯錄為一部，自娛亦以娛人耶。郝君著述為我所喜讀者尚多，須單獨詳說，茲不贅。

（十一月四日）

【附記】

模糊今俗語云麻糊，或寫作馬虎，我想這不必一定用動物名，還是寫麻糊二字，南北都可通行。

說鬼

近來很想看前人的隨筆，大抵以清朝人為主，因為比較容易得到，可是總覺得不能滿意。去年在讀《洗齋病學草》中的小文裡曾這樣說：

「我也想不如看筆記，然而筆記大多數又是正統的，典章，科舉，詩話，忠孝節烈，神怪報應，講來講去只此幾種，有時候翻了二十本書結果仍是一無所得。我不知道何以大家多不喜歡記錄關於社會生活自然名物的事，總是念念不忘名教，雖短書小冊亦復如是，正如種樹賣柑之中亦寄託治道，這豈非古文的流毒直滲進小說雜家裡去了麼。」

話雖如此，這裡邊自然也有個區別。神怪報應類中，談報應我最嫌惡，因為它都是寄託治道，非紀錄亦非文章，只是淺薄的宣傳，雖然有一部分迷信的分子也可以作民俗學的資料。志怪述異還要好一點，如《聊齋》那樣的創作可作文藝看，若是信以為真地記述奇事，文字又不太陋劣，自然更有可取的地方。

日前得到海昌俞氏叢刻的零種，俞霞軒的《翏莫子雜識》一卷，其子少軒的《高辛硯齋雜著》一卷，看了很有意思，覺得正是一個好例子。《翏莫子雜識》是日記體的，記嘉慶廿二年至廿五年間兩年半的事情，其中敘杭州海寧的景色頗有佳語，如嘉慶廿四年四月初四日夜由萬松嶺至淨居庵一節云：

「脫稿，街衢已黑，急挾卷上萬松嶺，林木陰翳，寒風逼人，交卷出。路昏如翳，地荒涼無買燭所，乘暗行義塚間，蔓草沒膝。有人執燈前行，就之不見，忽又在遠。蟲嘶鳥啾，骨動膽裂。過禹王廟，漆雲蔽前，涼雨簌簌灑頸，風吹帽欲落，度雨且甚，惶駭足戰戰，忽前又有燈火，則雙投橋側酒家也。狂喜入肆，時饑甚，飲酒兩盞，雜食腐筋蠶豆，稍飽。出肆行數步，雨如傾，衣履盡濕，不能行，愁甚無策，陡念酒肆當有雨蓋，返而假之，主人甚賢，慨然相付，然終無燈。

「二人相倚行，暗揣道路，到鴛鴦塚邊，耳中聞菰蒲瑟瑟聲，心知臨水，以傘拄地而步，恐墜入湖。忽空山噭然有聲，繼以大笑，魂魄駭飛，凝神靜聽，方知老鴞也。行數步，長人突兀立於前，又大怖，注目細看，始辨是塔，蓋至淨慈前矣。

然雨益急，疾趨入興善社，幽森涼寂，叩淨居庵門，良久雛僧出答。」

可是《雜識》中寫別的事情都不大行，特別是所記那些報應，意思不必說了，即文字亦大劣，不知何也。

《高辛硯齋雜著》凡七十八則，幾乎全是志異，也當然要談報應而不多，其記異聞彷彿是完全相信似的，有時沒有什麼結論，云後亦無他異，便覺得比較地可讀，也更樸實地保存民間的俗信。如第一則記某公在東省署課讀時夜中所見云：「窗外立一人，面白身火赤，向內嬉笑。忽躍入，徑至僕榻，伸手入帳，捩其頭拔出吸腦有聲，腦盡擲去頭，復探手攫腸胃，仍躍去。……某術士頗神符籙，聞之曰，此紅殭也，幸面尚白，否則震霆不能誅矣。」

俗傳殭屍有兩種，即白殭與紅殭是也，此記紅殭的情狀，實是殭屍考中的好資料。

第四則云：「海鹽傅某曾遊某省，一日獨持雨蓋行山中，見虎至，急趨入破寺，緣佛廚升梁伏焉。少頃虎銜一人至，置地上，足尚動，虎再撥之，人忽起立自解衣履，仍赤體伏，虎裂食盡搖尾去，傅某得竄遁。後年八十餘，粹庵聽其自述云。」此原是虎倀的傳說，而寫得很可怕，中國關於鬼怪的故事中殭屍固然最是凶殘，虎倀卻最是陰慘，都很值得注意研究。

第五則云：「黃鐵如者名楷，能文，善視鬼，並知鬼事。據云，每至人家，見其鬼香灰色則平安無事，如有將落之家，則鬼多淡黃色。又云，鬼長不過二尺餘，如鬼能修善則日長，可與人等，或為淫厲，漸短漸滅，至有僅存二眼旋轉地上者。亦奇矣。」兩隻眼睛在地上旋轉，這可以說是談鬼的傑作。

王小穀著《重論文齋筆錄》卷二云：

「曾記族朴存兄淳言（兄眼能見鬼，凡黑夜往來俱不用燈。），凡鬼皆依附牆壁而行，不能破空，疫鬼亦然，每遇牆壁必如蚓卻行而後能入。常鬼如一團黑氣，不辨面目，其有面目而能破空者則是厲鬼，須急避之。

兄又言鬼最畏風，遇風則牢握草木，蹲伏不能動。

兄又云，《左傳》言故鬼小新鬼大，其說確不可易，至溺死之鬼則新小而故大，其鬼亦能登岸，逼視之如煙雲銷滅者，此新鬼也。故鬼形如槁木，見人則躍入水中，水有聲而不散，故無圓暈。」

所說雖不盡相同，也是很有意思的話，可以互相發明。

我這裡說有意思，實在就是有趣味，因為鬼確實是極有趣味也極有意義的東西。我們喜歡知道鬼的情狀與生活，從文獻從風俗上各方面去搜求，為的可以瞭解一點平常不易知道的人情，換句話說就是為了鬼裡邊的人。

反過來說，則人間的鬼怪伎倆也值得注意，為的可以認識人裡邊的鬼吧。我的打油詩云，「街頭終日聽談鬼」，大為志士所訶，我卻總是不管，覺得那鬼是怪有趣的物事，捨不得不談，不過詩中所談的是那一種，現在且不必說。

至於上邊所講的顯然是老牌的鬼，其研究屬於民俗學的範圍，不是講玩笑的事，我想假如有人決心去作「死後的生活」之研究，實是學術界上破天荒的工作，很值得稱讚的。

英國茀來則博士有一部書專述各民族對於死者之恐怖，現在如只以中國為限，卻將鬼的生活詳細地寫出，雖然是極浩繁困難的工作，值得當博士學位的論文，但亦極有趣味與實益，蓋此等處反可以見中國民族的真心實意，比空口叫喊固有道德如何的好還要可信憑也。

劉青園在《常談》中有云：

「信祭祀祖先為報本追遠，不信冥中必待人間財物為用。」這是明達的常識，是個人言行的極好指標，唯對於世間卻可以再客觀一點，為進一解曰，不信冥中必待人間財物為用，但於此可以見人情，所謂慈親孝子之用心也。

自然也有恐怖，特別是對於孤魂厲鬼，此又是「分別予以安置，俾免閒散生事」之意乎。

郝氏說詩

偶然得到《名媛詩話》十二卷，道光間刊，錢塘沈湘佩夫人著，卷五記錢儀吉室陳煒卿事云：

「有《聽松樓遺稿》，內載《授經偶筆》，序述記贊跋論家書諸著作，議論恢宏，立言忠厚，詩猶餘事耳。」

《詩話》中因引其論《內則》文二篇，論國風《采蘋》及《燕燕》文各一篇，文章的確寫得還簡要，雖然所云闡發經旨也就不過是那麼一回事。女子平常總是寫詩詞的多，散文很少見，在這一點上《聽松樓遺稿》是很值得注意的。據我所知只有一個人可以相比，這是《職思齋學文稿》的著者「西吳女史」徐葉昭，序上亦自稱聽松主人。《文稿》收在徐氏家集《什一偶存》裡，有乾隆中寅序，末云：

「今者綜而甄之，涉於二氏者，類於語錄者，近於自用自專者，悉為刪去，其辨駁金溪餘姚未能平允者亦盡去之，於是所存者僅僅庶幾無疵而已，以云工未也。嗚呼，予老矣，恐此事便已，如之何？」

案其時蓋年六十六歲也。所存文共三十五篇，多樸實沖淡可誦讀，大不易得，只可惜由佛老而入程朱，文又宗法八家，以衛道為職志，而首小文十篇，論女道以至妾道婢道，文詞雖不支不蔓，其意義則應聲而已，又有與大妹書，論奉佛之非，嘵嘵不休，更是落了韓愈的窠臼了。

所作傳志卻簡潔得體，如《夫子鶴汀先生述》首節云：

「嗚呼，君之行亦雲似矣，第世之傳志不免文說其辭，真與偽無從辨別，故余苟非可證今人者概不敢及。夫一吶吶然老諸生耳，烏有卓行之可稱，顧無可表見之中，止此日用行習已為世俗之所不能到，其可默而不言。」

這幾句寫得不壞，雖然不能說是脫套，末尾音調鏗鏘處尤為可議。此君蓋頗有才氣，據其自序中述少年時事云：

「爰考古稽今，多所論著，如官制兵制賦役催科禮儀喪服貢舉刑書，偏私臆見，率意妄言，雖其中或間有可採者，而以草野議朝章，以婦人談國典，律以為下不倍之義，竊惴惴焉。」終乃汩沒於程朱二氏韓歐八家，下喬木而入幽谷，真可惜也！

清朝女作家中，我覺得最可佩服的是郝懿行的夫人王照圓。《曬書堂文集》後附有《閨中文存》一卷，係其孫郝聯薇所刊，共文十一篇，半係所編著書序跋，末一篇為《聽松樓遺稿跋》，中有一節云：

「顏黃門云：父母威嚴而有慈，則子女畏慎而生孝。余於子女有慈無威，不能勤加誘導，俾以有成，今讀《授經偶筆》及尺素各篇，意思勤綿，時時以課讀溫經形於楮墨，雖古伏生女之授《書》，宋文宣之傳《禮》，不是過焉，余所弗如者五矣。」

其實據我看來這裡並沒有什麼弗如，郝君夫婦的文章思想不知怎地叫人連想顏黃門，而以顏黃門相比在我卻是很高的禮讚，其地位迴在授經載道者之上。聽松樓的偶筆只在《詩話》中見到幾則，大抵只是平平無疵耳，照例說話而能說得明白，便難得了，不能望其有若何心得或新意思也。

王照圓所著述書刻在郝氏叢書內者有《列女傳補注》，《列仙傳校正》，《夢書》等，《葩經小記》惜未刻，但在與郝蘭皋合著的《詩問》及《詩說》中間還保留著不少吧。

之罘萝人（王照圓自稱）無詩集，僅在《讀孝節錄》文中見有七絕一首，亦不甚佳，但其說詩則殊佳妙，吾鄉季彭山（王陽明的門人，徐文長的先生，也是鄙人的街坊，因為他的故居在春波橋頭禹跡寺旁，與吾家祖屋相去只一箭之遠也）所著《說詩解頤》略一拜讀，覺得尚不及王說之能體察物理人情，真有解頤之妙。

《詩說》卷上云：

「瑞玉問，女心傷悲應作何解。余曰，恐是懷春之意，《管子》亦云，春女悲。瑞玉曰，非也，所以傷悲，乃為女子有行，遠父母故耳。蓋瑞玉性孝，故所言如此。余曰，此匡鼎說詩也。」

《詩問》卷二，《七月》「遵彼微行」注云：

「余問，微行傳云牆下徑？瑞玉曰，野中亦有小徑。余問，遵小徑以女步遲取近耶？曰，女子避人爾。」雖不必確，亦殊有意趣，此種說經中有脈摶也。

又卷一，《氓》「三歲食貧」注云：

「余問，既賄遷何憂食貧？瑞玉曰，男狹邪不務生業，女饒資財何益也。」

又「總角之宴」注云：

「瑞玉問，束髮已私相宴安言笑，何待貿絲時？余曰，總角相狎，比長男女別嫌，不復通問，及貿絲相誘，始成信誓。」解說全章詩意亦多勝解，如《丘中有麻》云：

「《丘中有麻》，序云，思賢也，留氏周之賢人，遁於丘園，國人望其裡居而歎焉。瑞玉曰，人情好賢，經時輒思，每見新物則一憶之。有麻秋時，有麥夏時，無時不思也。麻麥，谷也，李，果也，無物不思也。」

《風雨》首章注云：「寒雨荒雞，無聊甚矣，此時得見君子，云何而憂不平。故人未必冒雨來，設辭爾。」

解云：「《風雨》，瑞玉曰，思故人也。風雨荒寒，雞聲嘈雜，懷人此時尤切。或亦夫婦之辭。」

《溱洧》解云：「《溱洧》，序云，刺亂也。瑞玉曰，鄭國之俗，三月上巳修禊溱洧之濱，士女遊觀，折華相贈，自擇昏姻，詩人述其謠俗爾。」《詩說》卷上載瑞玉說，「自我不見於今三年」二句可疑，郝君引《竹書紀年》解之曰：

「周公自二年秋東征，至四年春便還，前後不過年餘，舉成數故云三年耳，又以見周公之憫歸士，未久而似久也。且詳味詩意，前三章都是秋景，至末一章獨言春日，蓋軍士以秋歸，以冬至家，比及周公作詩之時則又來年春矣，故末章遂及嫁娶之事，言婚姻及時也。此事詩書缺載，據《竹書》所記年月始終恐得其實，未知是否。瑞玉曰，恐是如此。又曰，讀此詩可知越王勾踐之生聚其民不過欺賣之耳，那有真意。」

此語殊有見識，即士大夫亦少有人能及。訓詁名物亦多新意，而又多本於常識，故似新奇而實平實。如《七月》「七月亨葵及菽」注云：

「瑞玉曰，菜可烹，豆不可烹，蓋如今俗作豆粥爾。其法，菜半之，豆半之，煮為粥，古名半菽，《夏小正》謂短閔也。」

又「采荼薪樗」注云：

「瑞玉曰，荼苦，得霜可食，樗非為薪也，九月非樵薪之時，且下句遂言食我農夫，則二物皆供食也。樗，椿類，葉有香者，醃為菹，九月葉可食，薪者枝落之，採其葉也。」此二條亦見《詩說》中，但較詳。

把《詩經》當作文學看，大抵在明末已有之，如《讀風偶評》可見，不過普通總以外道相待，不認為正當的說法，若以經師而亦如此說，則更稀有可貴矣。《詩說》卷上云：

「瑞玉因言，《東山》詩何故四章俱云零雨其濛，蓋行者思家惟雨雪之際尤難為懷，所以《東山》勞歸士則言雨，《採薇》之遣戍則言雪，《出車》之勞還率亦言雪。《七月》詩中有畫，《東山》亦然。

古人文字不可及處在一真字，如《東山》詩言情寫景，亦止是真處不可及耳。有敦瓜苦，蒸在栗薪。觸物驚心，曷勝今昔之感，所謂盡是劉郎去後栽者也。二句描寫村居籬落間小景如畫，詩中正復何所不有。」

又云：

「晉人論《詩》，亟賞昔我往矣，楊柳依依，今我來思，雨雪霏霏，及謨定命，遠猶辰告，以為佳句。余謂固然，佳句不止此也，如雞棲於塒，日之夕矣，牛羊下來，寫鄉村晚景，睹物懷人如畫。又如蒹葭蒼蒼，白露為霜，所謂伊人，在水一方，渺然有天際真人想。其室則邇，其人則遠，渺渺予懷，悠然言外。東門之栗，有踐家室，止有踐二字便帶畫景。至如漢之廣兮，不可泳思，江之永兮，不可方思，尤所謂別情云屬，文外獨絕者也。」

（十一月）

談土撥鼠

——為尤炳圻君題《楊柳風》譯本

平白兄：

每接讀手書，就想到《楊柳風》譯本的序，覺得不能再拖延了，應該趕緊寫才是。可是每想到後卻又隨即擱下，為什麼呢？第一，我寫小序總想等到最後截止的那一天再看，而此書出版的消息杳然，似乎還不妨暫且偷懶幾天。第二，——實在是寫不出，想了一回只好擱筆。但是前日承令夫人光臨面催，又得來信說書快印成了，這回覺得真是非寫不可了。然而怎麼寫呢？

五年前在《駱駝草》上我曾寫過一篇紹介《楊柳風》的小文，後來收在《看雲集》裡。我所想說的話差不多寫在那裡了，就是現在也還沒有什麼新的意思要說。我將所藏的西巴特（Sheppard）插畫本《楊柳風》，兄所借給我的查麥士

（Chalmers）著《格來亨傳》，都拿了出來翻閱一陣，可是不相干，材料雖有而我想寫的意思卻沒有。

莊子云，日月出矣而爝火不息，其為光也不亦微乎。《楊柳風》的全部譯本已經出來了，而且譯文又是那麼流麗，只待人家直接去享受，於此而有何言說，是猶在俱胝和尚說法後去豎指頭，其不被棒喝攆出去者蓋非是今年真好運氣不可也。

這裡我只想說一句話，便是關於那土撥鼠的。據傳中說此書原名「蘆中風」，後來才改今名，於一九〇八年出版。第七章「黎明的門前之吹簫者」彷佛是其中心部分，不過如我前回說過這寫得很美，卻也就太玄一點了，於我不大有緣分。他的別一個題目是「土撥鼠先生與他的夥伴」，這我便很喜歡。密倫（Milne）所編劇本名曰「癩施堂的癩施先生」，我疑心這是因為演戲的關係所以請出這位癩蝦蟆來做主人翁，若在全書裡最有趣味的恐怕倒要算土撥鼠先生。

密倫序中有云：

「有時候我們該把他想作真的土撥鼠，有時候是穿著人的衣服，有時候是同人一樣的大，有時候用兩隻腳走路，有時候是四隻腳。他是一個土撥鼠，他不是一個土撥鼠。他是什麼？我不知道。而且，因為不是認真的人，我並不介意。」

這話說得很好，這不但可以見他對於土撥鼠的瞭解，也可以見他的愛好。我們能夠同樣地愛好土撥鼠，可是瞭解稍不容易，而不瞭解也就難得愛好。我們固然可以像密倫那樣當他不是一個土撥鼠，然而我們必須先知道什麼是一個土撥鼠，然後才能夠當他不是。那麼什麼是土撥鼠呢？據原文曰mole，《牛津簡明字典》注云：

「小獸穿地而居，微黑的絨毛，很小的眼睛。」中國普通稱雲鼴鼠，不過與那飲河滿腹的似又不是一樣，《本草綱目》卷五十一下列舉各家之說云：

「弘景曰，此即鼢鼠也，一名隱鼠，形如鼠而大，無尾，黑色，尖鼻甚強，常穿地中行，討掘即得。

藏器曰，隱鼠陰穿地中而行，見日月光則死，於深山林木下土中有之。

宗奭曰，鼴腳絕短，僅能行，尾長寸許，目極小，項尤短，最易取，或安竹弓射取飼鷹。

時珍曰，田鼠偃行地中，能壅土成坌，故得諸名。」

寺島良安編《和漢三才圖會》卷三十九引《本綱》後云：

「案鼢狀似鼠而肥，毛帶赤褐色，頸短似野豬，其鼻硬白，長五六分，而下嘴短，眼無眶，耳無珥而聽，手腳短，五指皆相屈，但手大倍於腳。常在地中用手掘土，用鼻撥行，復還舊路，時仰食蚯蚓，柱礎為之傾，根樹為之枯焉。聞人音則逃去，早朝窺撥土處，從後掘開，從前穿追，則窮迫出外，見日光即不敢動，竟死。」

這所說最為詳盡，土撥鼠這小獸的情狀大抵可以明白了，如此我們對於「土撥鼠先生」也才能發生興趣，歡迎他出臺來。但是很不幸平常我們和他缺少親近，雖然韋門道氏著的《百獸圖說》第二十八項云，「尋常田鼠舉世皆有」，實際上大家少看見他，無論少年以至老年提起鼹鼠，鼢鼠，隱鼠，田鼠，或是土龍的雅號，恐怕不免都有點茫然，總之沒有英國人聽到摩耳（mole）或日本人聽到摩悟拉（mogura）時的那種感覺吧。

英國少見螻蛄，稱之曰 mole-cricket（土撥鼠蟋蟀），若中國似乎應該呼土撥鼠為螻蛄老鼠才行，準照以熟習形容生疏之例。那好些名稱實在多只在書本上活動，土龍一名或是俗稱我卻不明了，其中田鼠曾經尊譯初稿採用，似最可取，但又怕與真的田鼠相混，在原書中也本有「田鼠」出現，所以只好用土撥鼠的名稱了。

這個名詞大約是西人所定，查《百獸圖說》中有幾種的土撥鼠，卻是別的鼠類，在什麼書中把他對譯「摩耳」，我記不清了，到得愛羅先珂的《桃色的雲》出版，土撥鼠才為世所知，而這卻正是對譯「摩悟拉」的，現在的譯語也就衍襲這條系統，他的好處是一個新名詞，還有點表現力，字面上也略能說出他的特性。

然而當然也有缺點，這表示中國國語的——也即是人的缺少對於「自然」之親密的接觸，對於這樣有趣味的尋常小動物竟這麼冷淡沒有給他一個好名字，可以用到國語文章裡去，不能不說是一件大大的不名譽。人家給小孩講土撥鼠的故事，「小耗子」（原書作者的小兒子的諢名）高高興興地聽了去安安靜靜地睡，我們和那土撥鼠卻是如此生疏，在聽故事之先還要來考究其名號腳色，如此則聽故事的樂趣究有幾何可得乎，此不佞所不能不念之惘然者也。

兄命我寫小序，而不佞大談其土撥鼠，此正是文不對題也。既然不能做切題的文章，則不切題亦復佳。孔子論《詩》云可以興觀群怨，末曰多識於草木鳥獸之名，我不知道《楊柳風》可以興觀群怨否，即有之亦非我思存，若其草木鳥獸則我所甚歡喜者也。

有人想引導兒童到楊柳中之風裡去找教訓，或者是正路也未可知，我總不贊一辭，但不佞之意卻希望他們於軍訓會考之暇去稍與癩蝦蟆水老鼠遊耳，故不辭詞費而略談土撥鼠，若然，吾此文雖不合義法，亦尚在自己的題目範圍內也。

中華民國廿四年十一月廿三日，在北平，知堂書記。

【補記】

《爾雅》，《釋獸》鼠屬云，鼢鼠。郭璞注云，地中行者。陸佃《新義》卷十九云，今之犁鼠。邵晉涵《正義》卷十九云：

「《莊子・逍遙遊》云，偃鼠飲河，不過滿腹。今人呼地中鼠為地鼠，竊出飲水，如莊子所言，李頤注以偃鼠為鼷鼠，誤矣。」

郝懿行《義疏》下之六云：「案此鼠今呼地老鼠，產自田間，體肥而扁，尾僅寸許，潛行地中，起土如耕。」

以上三書均言今怎麼樣，當係其時通行的名稱，但是這裡頗有疑問。犁鼠或係宋時的俗名，現在已不用，不佞忝與陸農師同鄉，魯墟到過不少回數，可以證明不誤者也。邵二雲亦是同府屬的前輩，乾隆去今還不能算很遠，可是地鼠這名字我也不知道。還有一層，照文義看去這地鼠恐有誤，須改作「偃鼠」二字才能夠與「如莊子所言」接得上氣。紹興卻也沒有偃鼠的名稱，正與沒有犁鼠一樣，雖然有一種小老鼠俗呼隱鼠，實際上乃是鼷鼠也。

郝蘭皋說的地老鼠——看來只有這個俗名是靠得住的。這或者只是登萊一帶的方言，卻是很明白老實，到處可以通行。我從前可惜中國不給土撥鼠起個好名字，現在找到這個地老鼠，覺得可以對付應用了。對於紀錄這名稱留給後人的郝君我們也該表示感謝與尊敬。

（廿五年一月十日記）

關於活埋

從前有一個時候偶然翻閱外國文人的傳記，常看見說起他特別有一種恐怖，便是怕被活埋。中國的事情不大清楚，即使不成為心理的威脅，大抵也未必喜歡，雖然那《識小錄》的著者自稱活埋庵道人徐樹丕，即在佘澹心的《東山談苑》上有好些附識自署同學弟徐晟的父親，不過這只是遺民的一種表示，自然是另外一件事了。

小時候讀英文，讀過美國亞倫坡的短篇小說《西班牙酒桶》，誘人到洞窟裡去喝酒，把他鎖在石壁上，砌好了牆出來，覺得很有點可怕。但是這羅馬的幻想白晝會出現麼，豈不是還只往來於醉詩人的腦中而已？

俄國陀思妥益夫思奇著有小說曰「死人之家」，英譯亦有曰「活埋」者，是記西伯利亞監獄生活的實錄，陀氏親身經歷過，是小說亦是事實，確實不會錯的了。

然而這到底還只是個譬喻，與徐武子多少有點相同，終不能為活埋故實的典據。我們雖從文人講起頭，可是這裡不得不離開文學到別處找材料去了。

講到活埋，第一想到的當然是古代的殉葬。但說也慚愧，我們實在還不十分明白那葬是怎麼殉法的。聽說近年在殷墟發掘，找到殷人的墳墓，主人行蹤不可考，卻獲得十個殉葬的奴隸或俘虜的骨殖，這可以說是最古的物證了，據說——不幸得很——這十個卻都是身首異處的，那麼這還是先殺後埋，與一般想像不相合。

古希臘人攻忒羅亞時在巴多克勒思墓上殺俘虜十人，又取幼公主波呂克色那殺之，使從阿吉妻思於地下，辦法頗有點相像。忒羅亞十年之役正在帝乙受辛時代，那麼與殷人東西相對，不無香火因緣，或當為西來說學者所樂聞乎。

《詩經》秦風有《黃鳥》一篇，小序云哀三良也，我們記起「臨其穴，惴惴其栗」，覺得彷彿有點意思了，似乎三良一個一個地將要牽進去，不，他們都是大丈夫，自然是從容地自己走下去吧。然而不然。孔穎達疏引服虔云，「殺人以葬，旋環其左右曰殉」。結果還是一樣，完全不能有用處。

第二想到的是坑儒。從秦穆公一跳到了始皇，這其間已經隔了十七八代了。孔安國《尚書》序云：「及秦始皇，滅先代典籍，焚書坑儒。」孔穎達疏依《史記・秦始皇本紀》說明云：「三十五年始皇以方士盧生求仙藥不得，以為誹謗，諸生連相告引，四百六十餘人，皆坑之咸陽，是坑儒也。」

但是如李卓吾在《雅笑》卷三所說，「人皆知秦坑儒，而不知何以坑之。」這的確是一大疑問。

孔疏又引衛宏《古文奇字序》云：

「秦改古文以為篆隸，國人多誹謗。秦患天下不從而召諸生，至者皆拜為郎，凡七百人。又密令冬月種瓜於驪山硎谷之中溫處，瓜實，乃使人上書曰瓜冬有實。有詔天下博士諸生說之，人人各異，則皆使往視之，而為伏機，諸生方相論難，因發機從上填之以土，皆終命也。」

這坑法寫得「活龍活現」似乎確是活埋無疑了，但是理由說的那麼支離，所用種瓜伏機的手段又很拙笨，我們只當傳說看了覺得好玩，要信為事實就有點不大可能。《史記・項羽本紀》云：「楚軍夜擊坑秦卒二十餘萬人新安城南。」計時即坑儒後六年。

《白起列傳》記起臨死時語云：「長平之戰，趙卒降者數十萬人，我詐而盡坑之。」據列傳中說凡四十萬人，武安君慮其反復，「乃挾詐而盡坑殺之」。彷彿是坑與秦總很有關係似的，可是詳細還不能知道。掘了很大很大的坑，把二十萬以至四十萬人都推下去，再蓋上土，這也不大像吧。正如《鏡花緣》的林之洋常說的「坑死俺也」，我們對於這坑字似乎有點不好如字解釋，只得暫且擱起再說。

英國貝林戈耳特老牧師生於一八三四年，到今年整整一百零一歲了，但他實在已於一九二四年去世，壽九十。所著《民俗志》小書係民國初年出版，其第五章論犧牲中講到古時埋人於屋基下的事，是歐洲的實例。

在一八九二年出版的《奇異的遺俗》中有論基礎一章專說此事，更為詳盡，今錄一二於後：

「一八八五年訶耳思華西教區修理禮拜堂，西南角的牆拆下重造。在牆內，發見一副枯骨，夾在灰石中間。這一部分的牆有點壞了，稍為傾側。據發見這骨殖的泥水匠說，那裡並無一點墳墓的痕跡，卻顯見得那人是被活埋的，而且很急忙的。一塊石灰糊在那嘴上，好些磚石亂堆在那死體的周圍，好像是急速地倒下去，隨後慢慢地把牆壁砌好似的。

「亨納堡舊城是一派強有力的伯爵家的住所，在城壁間有一處穹門，據傳說云造堡時有一匠人受了一筆款，答應把他的小孩砌到牆壁裡去。給了小孩一塊餅吃，那父親站在梯子上監督砌牆。末後的那塊磚頭砌上之後，小孩在牆裡邊哭了起來，那人悔恨交並，失手掉下梯子來，摔斷了他的項頸。

「關於利本思坦的城堡也有相似的傳說。一個母親同樣地賣了她的孩子。在那小東西的周圍牆漸漸地高起來的時候，小孩大呼道，媽媽，我還看見你！過了一會兒，又道，媽媽，我不大看得見你了！末了道，媽媽，我看你不見了！」

日本民俗學者中山太郎翁今年六十矣，好學不倦，每年有著作出版，前年所刊行的《日本民俗學論考》共有論文十八篇，其第十七曰「埴輪的原始形態與民俗」，說到上古活埋半身以殉葬的風俗。埴輪即明器中之土偶，大抵為人或馬，不封入墓穴中，但植立於四圍。土偶有像兩股者，有下體但作圓筒形者，中山翁則以為圓筒形乃是原始形態，即表示殉葬之狀，像兩股者則後起而昧其原意者也。這種考古與民俗的難問題我們外行無從加以判斷，但其所引古文獻很有意思，至少於我們現在很是有用。

據《日本書紀》垂仁紀云：

「二十八年冬十月丙寅朔庚午，天皇母弟倭彥命薨。十一月丙申朔丁酉，葬倭彥命於身狹桃花鳥阪。於是集近習者，悉生立之於陵域。數日不死，晝夜泣吟。遂死而爛臭，犬烏聚啖。天皇聞此泣吟聲，心有悲傷，詔群卿曰，夫以生時所愛使殉於亡者，是甚可傷也。斯雖古風而不良，何從為。其議止殉葬。」

垂仁天皇二十八年正當基督降生前二年，即漢哀帝元壽元年也。至三十二年皇后崩，野見宿禰令人取土為人馬進之，天皇大喜，詔見宿禰曰，爾之嘉謀實洽朕心。遂以土物立於皇后墓前，號曰埴輪。此以土偶代生人的傳說本是普通，可注意的是那種特別的埋法。

孝德紀載大化二年（六四六）的命令云：

「人死亡時若自經以殉，或絞人以殉，及強以亡人之馬為殉等舊俗，皆悉禁斷。」可見那時殉葬已是殺了再埋，在先卻並不然，據《類聚三代格》中所收延曆十六年（七九七）四月太政官符云：

「上古淳樸，葬禮無節，屬山陵有事，每以生人殉埋，鳥吟魚爛，不忍見聞。」與垂仁紀所說正同，鳥吟魚爛也正是用漢文煉字法總括那數日不死云云十七字。

以上原本悉用一種特別的漢文，今略加修改以便閱讀，但仍保留原來用字與句調，不全改譯為白話。至於埋半身的理由，中山翁謂是古風之遺留，上古人死則野葬，露其頭面，親族日往視之，至腐爛乃止，琉球津堅島尚有此俗，近始禁止，見伊波普猷著文《南島古代之葬儀》中，伊波氏原係琉球人也。醫學博士高田義一郎著有一篇《本國的死刑之變遷》，登在《國家醫學雜誌》上，昭和三年（一九二八）出版《世相表裡之醫學的研究》共文十八篇，上文亦在其內。第四節論德川幕府時代的死刑，約自十七世紀初至十九世紀中間，內容分為五類，其四曰鋸拉及坑殺。鋸拉者將犯人連囚籠埋土中，僅露出頭顱，傍置竹鋸，令過路人各拉其頸。這使人想起《封神傳》的殷郊來。至於坑殺，那與鋸拉相像，只把犯人身體埋在土中，自然不連囚籠，不用鋸拉，任其自死。

在《明良洪範》卷十九有一節云「記稻葉淡路守殘忍事」，是很好的實例：

「稻葉淡路守紀通為丹州福知山之城主，生來殘忍無道，惡行眾多。代官中有獲罪者，逮捕下獄，不詳加審問，遽將其妻兒及服內親族悉捕至，於院中掘穴，一一埋之，露出其首，上覆小木桶，朝夕啟視以消遣。餘人逐漸死去，唯代官苟延至七日未絕。淡路守每朝巡視，見其尚活，嘲弄之曰，妻子親族皆死，一人獨存，真罪業深重哉。

「代官張目曰，余命尚存，思報此恨，今妻子皆死亡，無可奈何矣。身為武士，處置亦應有方，如此相待，誠自昔所未聞之刑罰也。會當有以相報！忿恨嚼舌而死。自此淡路守遂迷亂發狂，終乃裝彈鳥槍中，自點火穿胸而死。」案稻葉紀通為德川幕府創業之功臣，位為諸侯，死於慶安元年，即西曆一六四八，清順治五年也。

外國的故事雖然說了好些，中國究竟怎樣呢？殉葬與鎮厭之外以活埋為刑罰，這有沒有前例？官刑大約是不曾有吧，雖然自袁氏軍政執法處以來往往有此風說，這自然不能找出證據，只有義威上將軍張宗昌在北京時活埋其汽車夫與教書先生於豐台的傳說至今膾炙人口，傳為美談。

若盜賊群中本無一定規律，那就難說了，不過似乎也不盡然，如《水滸傳》中便未說起，明末張李流寇十分殘暴，以殺燒剝皮為樂（這其實也與明初的永樂皇帝清初的大兵有同好而已，還不算怎麼特別），而活埋似未列入。較載太平天國時事的有李圭著《思痛記》二卷，光緒六年（一八八〇）出版，卷下紀咸豐十年（一八六〇）七月間在金壇時事有云：

「十九日汪典鐵來約陸疇楷殺人，陸欣然握刀，促余同行。至文廟前殿，東西兩偏室院內各有男婦大小六七十人避匿於此，已數日不食，面無人色。汪提刀趨右院，陸在左院。陸令余殺，余不應，以余已司文札不再逼而令余視其殺。刀落人死，頃刻畢數十命，地為之赤，有一二歲小兒，先置其母腹上腰截之，然後殺其母。復拉余至右院視汪殺，至則汪正在一一剖人腹焉。」

光緒戊戌之冬我買得此書，民國十九年八月曾題卷首云：「中國民族似有嗜殺性，近三百年中張李洪楊以至義和拳諸事即其明徵，書冊所說錄百不及一二，至今讀之猶令人悚然。今日重翻此記，益深此感。嗚呼，後之視今亦猶今之視昔乎。」然而此記中亦不見有活埋的紀事焉。

民國二十四年九月十九日《大公報》乃載唐山通信云：「玉田訊：本縣鴉鴻橋北大定府莊村西野地內於本月十二日發現男屍一具，倒埋土中，地面露出兩腳，經人起出，屍身上部已腐爛，由衣服體態辨出係定府莊村人王某，聞係因仇被人謀殺，該村鄉長副報官檢驗後，於十五日由屍親將屍抬回家中備棺掩埋。又同日城東吳各莊東北裡新地內亦發現倒埋無名男屍一具，嗣由鄉人起出，年約三十許，衣藍布褲褂，全身無傷，係生前活埋，於十三日報官檢驗，至今尚無人認領云。」這真是——

踏破鐵鞋無覓處　得來全不費工夫

想不到在現代中華民國河北省的治下找著了那樣難得的活埋的實例。上邊中外東西地亂找一陣，亂說一番，現在都可以不算，無論什麼奇事在百年以前千里之外，也就罷了，若是本月在唐山出現的事，意義略有不同，如不是可怕也總覺得值得加以注意思索吧。

死只一個，而死法有好些，同一死法又有許多的方式。譬如窒息是一法，即設法將呼吸止住了，凡縊死，扼死，煙煤等氣熏死，土囊壓死，燒酒毛頭紙糊臉，武大郎那樣的棉被包裹上面坐人，印度黑洞的悶死，淹死，以及活埋而死，都屬於這一類。本來死總不是好事，而大家對於活埋卻更有凶慘之感，這是為什麼呢？

本來死無不是由活以至不活，活的投入水中與活的埋入土內論理原是一樣，都因在缺乏空氣的地方而窒息，以云苦樂殆未易分，然而人終覺得活埋更為凶慘，此本只是感情作用，卻亦正是人情之自然也。

又活埋由於以土塞口鼻而死，順埋倒埋並無分別，但人又特別覺得倒埋更為凶慘者，亦同樣地出於人情也。世界大同無論來否，戰爭刑罰一時似未必能廢，鬥毆謀殺之事亦殆難免，但野蠻的事縱或仍有，而野蠻之意或可減少。

船火兒待客只預備餛飩與板刀麵，殆可謂古者盜亦有道歟。人情惡活埋尤其是倒埋而中國有人喜為之，此蓋不得謂中國民族的好事情也。

（廿四年九月）

第三卷　日本採風

日本的衣食住

我留學日本還在民國以前，只在東京住了六年，所以對於文化云云夠不上說什麼認識，不過這總是一個第二故鄉，有時想到或是談及，覺得對於一部分的日本生活很有一種愛著。這裡邊恐怕有好些原因，重要的大約有兩個，其一是個人的性分，其二可以說是思古之幽情罷。

我是生長於東南水鄉的人，那裡民生寒苦，冬天屋內沒有火氣，冷風可以直吹進被窩來，吃的通年不是很鹹的醃菜也是很鹹的醃魚，有了這種訓練去過東京的下宿生活，自然是不會不合適的。

我那時又是民族革命的一信徒，凡民族主義必含有復古思想在裡邊，我們反對清朝，覺得清以前或元以前的差不多都好，何況更早的東西。聽說夏穗卿錢念劬兩位先生在東京街上走路，看見店鋪招牌的某文句或某字體，常指點讚歎，謂猶存唐代遺風，非現今中國所有。岡千仞著《觀光紀遊》中亦紀楊惺吾回國後事云：「惺吾雜陳在東所獲古寫經，把玩不置曰，此猶晉時筆法，宋元以下無此真致。」這種意思在那時大抵是很普通的。

我們在日本的感覺，一半是異域，一半卻是古昔，而這古昔乃是健全地活在異域的，所以不是夢幻似地空假，而亦與高麗安南的優孟衣冠不相同也。

日本生活中多保存中國古俗，中國人好自大者反訕笑之，可謂不察之甚。《觀光紀遊》卷二蘇杭遊記上，記明治甲申（一八八四）六月二十六日事云：「晚與楊君赴陳松泉之邀，會者為陸雲孫，汪少符，文小坡。楊君每談日東一事，滿坐哄然，余不解華語，癡坐其旁。因以為我俗席地而坐，食無案桌，寢無臥床，服無衣裳之別，婦女涅齒，帶廣，蔽腰圍等，皆為外人所訝者，而中人辮髮垂地，嗜毒煙甚食色，婦女約足，人家不設廁，街巷不容車馬，皆不免陋者，未可以內笑外，以彼非此。」

岡氏言雖未免有悻悻之氣，實際上卻是說得很對的。

以我淺陋所知，中國人紀述日本風俗最有理解的要算黃公度，《日本雜事詩》二卷成於光緒五年己卯，已是五十七年前了，詩也只是尋常，注很詳細，更難得的是意見明達。卷下關於房屋的注云：

「室皆離地尺許，以木為板，藉以莞席，入室則脫屨戶外，襪而登席。無門戶窗牖，以紙為屏，下承以槽，隨意開闔，四面皆然，宜夏而不宜冬也。室中必有閣以庋物，有床笫以列器皿陳書畫。（室中留席地，以半掩以紙屏，架為小閣，以半懸掛玩器，則緣古人床笫之制而亦仍其名。）楹柱皆以木而不雕漆，晝常掩門而夜不扃鑰。寢處無定所，展屏風，張帳幙，則就寢矣。每日必灑掃拂拭，潔無纖塵。」

又一則云：

「坐起皆席地，兩膝據地，伸腰危坐，而以足承尻後，若趺坐，若蹲踞，若箕踞，皆為不恭。坐必設褥，敬客之禮有數數重席者。有君命則設几，使者宣詔畢，亦就地坐矣。皆古禮也。因考《漢書・賈誼傳》，文帝不覺膝之前於席。《三國志・管寧傳》，坐不箕股，當膝處皆穿。《後漢書》，向栩坐板，坐積久板乃有膝踝足指之處。朱子又云，今成都學所存文翁禮殿刻石諸像，皆膝地危坐，兩蹠隱然見於坐後帷裳之下。今觀之東人，知古人常坐皆如此。」（《日本國志》成於八年後丁亥，所記稍詳略有不同，今不重引。）

這種日本式的房屋我覺得很喜歡。這卻並不由於好古，上文所說的那種坐法實在有點弄不來，我只能胡坐，即不正式的趺跏，若要像管寧那樣，則無論敷了幾重席也坐不到十分鐘就兩腳麻痹了。我喜歡的還是那房子的適用，特別便於簡易生活。

《雜事詩》注已說明屋內鋪席，其製編稻草為台，厚可二寸許，蓆草席於上，兩側加麻布黑緣，每席長六尺寬三尺，室之大小以席計數，自兩席以至百席，而最普通者則為三席，四席半，六席，八席，學生所居以四席半為多。戶窗取明者用格子糊以薄紙，名曰障子，可稱紙窗，其他則兩面裱暗色厚紙，用以間隔，名曰唐紙，可云紙屏耳。

閣原名戶棚，即壁櫥，分上下層，可分貯被褥及衣箱雜物，床第原名「床之間」，即壁龕而大，下宿不設此，學生租民房時可利用此地堆積書報，幾乎平白地多出一席地也。四席半一室面積才八十一方尺，比維摩斗室還小十分之二，四壁蕭然，下宿只供給一副茶具，自己買一張小几放在窗下，再有兩三個坐褥，便可安住。

坐在几前讀書寫字，前後左右凡有空地都可安放書卷紙張，等於一大書桌，客來遍地可坐，容六七人不算擁擠，倦時隨便臥倒，不必另備沙發，深夜從壁廚取被攤開，又便即正式睡覺了。昔時常見日本學生移居，車上載行李只鋪蓋衣包小几或加書箱，自己手拿玻璃洋油燈在車後走而已。

中國公寓住室總在方丈以上，而板床桌椅箱架之外無多餘地，令人感到局促，無安閒之趣。大抵中國房屋與西洋的相同都是宜於華麗而不宜於簡陋，一間房子造成，還是行百里者半九十，非是有相當的器具陳設不能算完成，日本則土木功畢，鋪席糊窗，即可居住，別無一點不足，而且還覺得清疏有致。從前在日本旅行，在吉松高鍋等山村住宿，坐在旅館的樸素的一室內憑窗看山，或著浴衣躺席上，要一壺茶來吃，這比向來住過的好些洋式中國式的旅舍都要覺得舒服，簡單而省費。

這樣房屋自然也有缺點，如《雜事詩》注所云宜夏而不宜冬，其次是容易引火，還有或者不大謹慎，因為槽上拉動的板窗木戶易於偷啟，而且內無扃鑰，賊一入門便可各處自在遊行也。

關於衣服《雜事詩》注只講到女子的一部分，卷二云：

「宮裝皆披髮垂肩，民家多古裝束，七八歲時丫髻雙垂，尤為可人。長，耳不環，手不釧，髻不花，足不弓鞋，皆以紅珊瑚為簪。出則攜蝙蝠傘。頻寬咫尺，圍腰二三匝，復倒捲而直垂之，若繈負者。衣袖尺許，襟廣微露胸，肩脊亦不盡掩。傅粉如麵然，殆《三國志》所謂丹朱坋身者耶。」又云：「女子亦不著褲，裡有圍裙，《禮》所謂中單，《漢書》所謂中裙，深藏不見足，舞者迴旋偶一露耳。五部洲惟日本不著褲，聞者驚怪。今按《說文》，袴，脛衣也。《逸雅》，袴，兩股各跨別也。袴即今制，三代前固無。張萱《疑曜》曰，袴即褲，古人皆無襠，有襠起自漢昭帝時上官宮人。考《漢書・上官後傳》，宮人使令皆為窮褲。服虔曰，窮褲前後有襠，不得交通。是為有襠之袴所緣起。惟《史記》敘屠岸賈有置其袴中語，《戰國策》亦稱韓昭侯有敝袴，則似春秋戰國既有之，然或者尚無襠耶。」

這個問題其實本很簡單。日本上古有袴，與中國西洋相同，後受唐代文化衣冠改革，由筒管袴而轉為燈籠袴，終乃袴腳益大，袴襠漸低，今禮服之「袴」已幾乎是裙了。平常著袴，故里衣中不復有袴類的東西，男子但用犢鼻褌，女子用圍裙，就已行了，迨後民間平時可以衣而不裳，遂不復著，但用作乙種禮服，學生如上學或訪老師則和服之上必須著袴也。

現今所謂和服實即古時之所謂「小袖」，袖本小而底圓，今則甚深廣，有如口袋，可以容手巾箋紙等，與中國和尚所穿的相似，西人稱之曰 Kimono，原語云「著物」，實只是衣服總稱耳。日本衣裳之制大抵根據中國而逐漸有所變革，乃成今狀，蓋與其房屋起居最適合，若以現今和服住洋房中，或以華服住日本房，亦不甚適也。

《雜事詩》注又有一則關於鞋襪的云：

「襪前分歧為二靫，一靫容拇指，一靫容眾指。屐有如兀字者，兩齒甚高，又有作反凹者。織蒲為苴，皆無牆有梁，梁作人字，以布綆或紉蒲繫於頭，必兩指間夾持用力乃能行，故襪分作兩歧。考《南史・虞玩之傳》，一屐著三十年，蒵斷以芒接之。古樂府，黃桑柘屐蒲子履，中央有絲兩頭繫。知古制正如此也，附注於此。」

這個木屐也是我所喜歡著的，我覺得比廣東用皮條絡住腳背的還要好，因為這似乎更著力可以走路。黃君說必兩指間夾持用力乃能行，這大約是沒有穿慣，或者因中國男子多裹腳，腳指互疊不能銜梁，銜亦無力，所以覺得不容易，其實是套著自然著力，用不著什麼夾持的。

去年夏間我往東京去，特地到大震災時沒有毀壞的本鄉去寄寓，晚上穿了和服木屐，曳杖，往帝國大學前面一帶去散步，看看舊書店和地攤，很是自在，若是穿著洋服就覺得拘束，特別是那麼大熱天。

不過我們所能穿的也只是普通的「下駄」，即所謂反凹字形狀的一種，此外名稱「日和下駄」底作ㄇ字形而不很高者，從前學生時代也曾穿過，至於那兩齒甚高的「足駄」那就不敢請教了。在民國以前，東京的道路不很好，也頗有雨天變醬缸之概，足駄是雨具中的要品，現代卻可以不需，不穿皮鞋的人只要有日和下駄就可應付，而且在實際上連這也少見了。

《雜事詩》注關於食物說的最少，其一云：

「多食生冷，喜食魚，聶而切之，便下箸矣，火熟之物亦喜寒食。尋常茶飯，蘿蔔竹筍而外，無長物也。近仿歐羅巴食法，或用牛羊。」又云：

「自天武四年因浮屠教禁食獸肉，非餌病不許食。賣獸肉者隱其名曰藥食，復曰山鯨。所懸望子，畫牡丹者豕肉也，畫丹楓落葉者鹿肉也。」

講到日本的食物，第一感到驚奇的事的確是獸肉的稀少。二十多年前我還在三田地方看見過山鯨（這是野豬的別號）的招牌，畫牡丹楓葉的卻已不見。雖然近時仿歐羅巴法，但肉食不能說很盛，不過已不如從前以獸肉為穢物禁而不食，肉店也在「江都八百八街」到處開著罷了。

平常鳥獸的肉只是豬牛與雞，羊肉簡直沒處買，鵝鴨也極不常見。平民的下飯的菜到現在仍舊還是蔬菜以及魚介。中國學生初到日本，吃到日本飯菜那麼清淡，枯槁，沒有油水，一定大驚大恨，特別是在下宿或分租房間的地方。

這是大可原諒的，但是我自己卻不以為苦，還覺得這有別一種風趣。吾鄉窮苦，人民努力日吃三頓飯，唯以醃菜臭豆腐螺螄為菜，故不怕鹹與臭，亦不嗜油若命，到日本去吃無論什麼都不大成問題。有些東西可以與故鄉的什麼相比，有些又即是中國某處的什麼，這樣一想就很有意思。

如味噌汁與乾菜湯，金山寺味噌與豆板醬，福神漬與醬咯嗻，牛蒡獨活與蘆筍，鹽鮭與勒鯗，皆相似的食物也。又如大德寺納豆即鹹豆豉，澤庵漬即福建的黃土蘿蔔，蒟蒻即四川的黑豆腐，刺身即廣東的魚生，壽司（《雜事詩》作壽志）即古昔的魚鮓，其製法見於《齊民要術》，此其間又含有文化交通的歷史，不但可吃，也更可思索。

家庭宴集自較豐盛，但其清淡則如故，亦仍以菜蔬魚介為主，雞豚在所不廢，唯多用其瘦者，故亦不油膩也。近時社會上亦流行中國及西洋菜，試食之則並不佳，即有名大店亦如此，蓋以日東手法調理西餐（日本昔時亦稱中國為西方）難得恰好，唯在赤阪一家云「茜」者吃中餐極佳，其廚師乃來自北平云。

日本食物之又一特色為冷，確如《雜事詩》注所言。下宿供膳尚用熱飯，人家則大抵只煮早飯，家人之為官吏教員公司職員工匠學生者皆裹飯而出，名曰「便當」，匣中盛飯，別一格盛菜，上者有魚，否則梅乾一二而已。傍晚歸來，再煮晚飯，但中人以下之家便吃早晨所餘，冬夜苦寒，乃以熱苦茶淘之。

中國人慣食火熱的東西，有海軍同學昔日為京官，吃飯恨不熱，取飯鍋置坐右，由鍋到碗，由碗到口，迅疾如暴風雨，乃始快意，此固是極端，卻亦是一好例。總之對於食物中國大概喜熱惡冷，所以留學生看了「便當」恐怕無不頭痛的，不過我覺得這也很好，不但是故鄉有吃「冷飯頭」的習慣，說得迂腐一點，也是人生的一點小訓練。

希望人人都有「吐斯」當晚點心，人人都有小汽車坐，固然是久遠的理想，但在目前似乎刻苦的訓練也是必要。日本因其工商業之發展，都會文化漸以增進，享受方面也自然提高，不過這只是表面的一部分，普通的生活還是很刻苦，此不必一定是吃冷飯，然亦不妨說是其一。中國平民生活之苦已甚矣，我所說的乃是中流的知識階級應當學點吃苦，至少也不要太講享受。享受並不限於吃「吐斯」之類，抽大煙娶姨太太打麻將皆是中流享樂思想的表現，此一種病真真不知道如何才救得過來，上文云云只是姑妄言之耳。

六月九日《大公報》上登載梁實秋先生的一篇論文，題曰「自信力與誇大狂」，我讀了很是佩服，有關於中國的衣食住的幾句話可以引用在這裡。梁先生說中國文化裡也有一部分是優於西洋者，解說道：

「我覺得可說的太少，也許是從前很多，現在變少了。我想來想去只覺得中國的菜比外國的好吃，中國的長袍布鞋比外國的舒適，中國的宮室園林比外國的雅麗，此外我實在想不出有什麼優於西洋的東西。」

梁先生的意思似乎重在消極方面，我們卻不妨當作正面來看，說中國的衣食住都有些可取的地方。

本來衣食住三者是生活中最重要的部分，因其習慣與便利，發生愛好的感情，轉而成為優劣的辨別，所以這裡邊很存著主觀的成分，實在這也只能如此，要想找一根絕對平直的尺度來較量蓋幾乎是不可能的。固然也可以有人說，「因為西洋人吃雞蛋，所以兄弟也吃雞蛋。」不過在該吃之外還有好吃問題，恐怕在這一點上未必能與西洋人一定合致，那麼這吃雞蛋的兄弟對於雞蛋也只有信而未至於愛耳。

因此，改變一種生活方式很是煩難，而欲瞭解別種生活方式亦不是容易的事。有的事情在事實並不怎麼愉快，在道理上顯然看出是荒謬的，如男子拖辮，女人纏足，似乎應該不難解決了，可是也並不如此，民國成立已將四半世紀了，而辮髮未絕跡於村市，士大夫中愛賞金蓮步者亦不乏其人，他可知矣。

谷崎潤一郎近日刊行《攝陽隨筆》，卷首有《陰翳禮讚》一篇，其中說漆碗盛味噌汁（以醬汁作湯，蔬類作料，如茄子蘿蔔海帶，或用豆腐）的意義，頗多妙解，至悉歸其故於有色人種，以為在愛好上與白色人種異其趣，雖未免稍多宿命觀的色彩，大體卻說得很有意思。中日同是黃色的蒙古人種，日本文化古來又取資中土，然而其結果乃或同或異，唐時不取太監，宋時不取纏足，明時不取八股，清時不取雅片，又何以嗜好迥殊耶。我這樣說似更有陰沉的宿命觀，但我固深欽日本之善於別擇，一面卻亦仍夢想中國能於將來蕩滌此諸染汙，蓋此不比衣食住是基本的生活，或者其改變尚不至於絕難歟。

我對於日本文化既所知極淺，今又欲談衣食住等的難問題，其不能說得不錯，蓋可知也。幸而我豫先聲明，這全是主觀的，回憶與印象的一種雜談，不足以知日本真的事情，只足以見我個人的意見耳。大抵非自己所有者不能深知，我尚能知故鄉的民間生活，因此亦能於日本生活中由其近似而得理會，其所不知者當然甚多，若所知者非其真相而只是我的解說，那也必所在多有而無可免者也。

日本與中國在文化的關係上本猶羅馬之與希臘，及今乃成為東方之德法，在今日而談日本的生活，不撒有「國難」的香料，不知有何人要看否，我亦自己懷疑。但是，我仔細思量日本今昔的生活，現在日本「非常時」的行動，我仍明確地看明白日本與中國畢竟同是亞細亞人，興衰禍福目前雖是不同，究竟的命運還是一致，亞細亞人豈終將淪於劣種乎，念之惘然。因談衣食住而結論至此，實在乃真是漆黑的宿命論也。

廿四年六月廿一日，在北平。

關於日本語

十年前寫過一篇文章，名曰「日本與中國」，其中有兩節云：

「中國在他獨殊的地位上特別有瞭解日本的必要與可能，但事實上卻並不然，大家都輕蔑日本文化，以為古代是模仿中國，現代是模仿西洋的，不值得一看。日本古今的文化誠然是取材於中國與西洋，卻經過一番調劑，成為他自己的東西，正如羅馬文明之出於希臘而自成一家，所以我們盡可以說日本自有他的文明，在藝術與生活方面為顯著，雖然沒有什麼哲學思想。

「我們中國除了把他當作一種民族文明去公平地研究之外，還當特別注意，因為有許多地方足以供我們研究本國古今文化之參考。從實利這一點說來，日本文化也是中國人現今所不可忽略的一種研究。中國與日本並不是什麼同文同種，但是因為文化交通的緣故，思想到底容易瞭解些，文字也容易學些，（雖然我又覺得日本文中夾著漢字是使中國人不能深徹地瞭解日本的一個障害），所以我們研究日本比較西洋人要便利得多。」

也正是那時候，我還在燕京大學教書，有一位同事是美國老牧師，在北京多年，對於中國學問很有研究，他在校內主張應鼓勵學生習日俄語文。他的理由是，英美人多習法德語，中國則情形不同，因地理關係上與日本俄國聯繫密切，故宜首先學習此二種言語，而法德各語尚在其次。這個意思實在很對，大約學校也不見得不贊同，不過未曾實行，以至於今。

民國十九年北京大學三十二周年紀念刊上我寫了一篇小文，名曰「北大的支路」，希望學校提倡希臘印度亞剌伯日本的研究，關於日本的一節云：

「日本有小希臘之稱，他的特色確有些與希臘相似，其與中國文化上之關係更彷彿羅馬，很能把先進國的文化拿去保存或同化而光大之，所以中國治國學的人可以去從日本得到不少的資料與參考。從文學史上來看，日本從奈良到德川時代這千二百餘年受的是中國影響，處處可以看出痕跡，明治維新以後，與中國近來的新文學相同，受了西洋的影響，比較起跡步驟幾乎一致，不過日本這回成為先進，中國老是追著，有時還有意無意地模擬販賣，這都給予我們很好的對照與反省。」

這話說了到如今也已是五個年頭了。一個主張，一種意見，五年十年不會有效原也是當然，因為機緣很是重要，這卻甚不容易遇到。其實從甲午至甲戌四十年中事情也不少了，似乎卻總還不能引起知己知彼的決心，有的大約是刺激太小吧，沒有效力，有的又是太大了，引起的反應超過了常度。

九一八總是大事件了，然而它的影響在學校則不及，在社會則過。我不知道中國政府到底為什麼緣故至今不辦一個外國語學校，國家沒有一個地方可以讓學生習得英文以外的語文，即大學亦都在內。

日本語向來只准當作第二外國語去學，而那種第二外國語是永遠教不好學不好的。然而在社會上這些情形正是相反，近年來熱心學習日本語者據說日漸增加，似乎是好現象了，我只怕是不驕便太怯，那即是過。有一個日本人卒然問曰，近來大家學日本話，說是為了一九三六年懂得日本話方便些，是不是？我看他很素樸卻不是故意的問，便只好苦笑對他搖頭道，我沒有聽說。

講到底我是主張學日本語的。我主張在中國學習，如有資力可再往日本一走。學日本語最好有國立的外國語學校或大學專系，否則從私人亦可。學日本語的目的不可太怯，預備做生意，看書報，讀社會科學，幫助研究國學，都是正當的目的，讀日本文學作品，研究日本文化，那自然是更進一步了。

語言文字本來是工具，初學或速成者只要能夠使用就好了，若是想要研究下去的，卻須知道這語言也有他的生命，多少要對於他感到一種愛好與理解。這樣，須得根本地從口語入手，還得多讀名家所寫的文章，才能真正瞭解，不是單靠記憶幾十條規則或翻看幾本社會科學書所能達到的。

因此我們的第二個的意見是，學日本語須稍稍心寬，可能的要多花費點時日，除不得已外萬不宜求速成，蓋天下無可速成之事，古人曰，欲速則不達，普通所謂速成實在只是淺嘗，即只學了一部分耳。鄙人讀日本文至今才二十八年，其間從先生學習者不過兩年，卻來胡亂說話，未免可笑，因答應張君已久，不能再拖欠了，只好趕寫，請原諒則個。

（廿四年一月）

市河先生

近十年來我在北京大學教日本文，似乎應該有好些的教學經驗可以談談，其實卻並不然。我對於教沒有什麼心得可談，這便因為在學的時候本來也沒有什麼成績。最重要的是經驗，我的經驗卻是很不上軌道很無程序的，幾乎不成其為經驗。

我學日文差不多是自修的，雖然在學校裡有好幾位教員，他們很熱心地教，不過我很懶惰不用功，受不到多少實益。說自修又並不是孜孜矻矻地用苦功，實在是不足為法的，不過有些事情也不妨談談，或者有點足以供自修日文的諸君參考的地方也說不定。

講起學日文來，第一還得先對我的幾位先生表示感謝，雖然我自己不好好地學，他們對於我總是有益處的。我被江南督練公所派到日本去學土木工程時已是二十二歲，英文雖然在水師學過六年，日本語卻是一句不懂的。最初便到留學生會館的補習班裡去學，教師是菊池勉，後來進了法政大學的預科，給我們教日文的教員共有三位，其一是保科孝一，文學士，國語學專家，著書甚多，今尚健在，其二是大島之助，其三是市河三陽。

保科先生是一個熟練的教師，講書說話都很得要領，像是預備得熟透的講義似的，可是給我們的印象總是很淺。大島先生人很活潑，寫得一手的好白話，雖然不能說，黑板上寫出來作譯解時卻是很漂亮，教授法像是教小學生地很有步驟，可以算是一個好教員，我卻覺得總和他距離得遠。

市河先生白話也寫得好，還能夠說一點，但是他總不說，初次上課時他在黑板上寫道「我名市河三陽」，使得大家發笑起來。他又不像大島那樣口多微辭，對於中國時有嘲諷的口氣，功課不大行又欠聰明的學生多被戲弄，他只是誠懇地教書，遇見學生弄不清楚的時候，反而似乎很為難很沒有辦法的樣子。我對於他的功課同樣地不大用心，但對於他個人特別有好感，雖然一直沒有去訪問過。

我覺得這三位先生很可以代表日本人的幾種樣式，是很有意思的事，只可惜市河先生這種近於舊式的好人物的模型現今恐怕漸漸地要少下去了。

我離開預科後還在東京住了四年，卻不曾再見到市河先生，民國八年及廿三年又去過兩次，也不去訪問，實在並無從探聽他的消息。今年春天偶讀永井荷風的《荷風隨筆》，其第十三篇題曰「市河先生之《燼錄》」，不意地找到一點材料，覺得很可喜。其文有云：

「紀述震災慘狀的當時文獻中我所特別珍重不置的是市河泰庵先生之《燼錄》。先生今茲已於正月為了宿痾易簀於小石川之新居。我在先生前但有書翰往覆，又因平生疏懶不曾一赴邸宅問病，遂至永失接謦欬的機會了。

「《燼錄》一書係先生以漢文記述在飯田町的舊居遊德園為災火所襲與其家人僅以身免時的事情，分編為避難紀事，雜事片片，神主石碑，烹茶樵書等十餘章，於罹災後二年付印以分贈知人者也。卷尾記云：此稿於今茲九月十二日起草，旬日而閣筆，秋暑如毀，揮汗書之。詞句拙陋雜駁，恰如出於燼中，因曰『燼錄』，聊以供辱問諸君之一笑。」

又云：

「泰庵先生名三陽，江戶時代著名書家市河米庵先生之孫，萬庵先生之嗣子也，其學德才藝並不愧為名家之後，世所周知，不俟譾劣如予者之言矣。」

文中引有《燼錄》避難紀事一部分，今節錄於下：

「大正十二年九月一日朝來小雨才霽，暑甚。將午，時予倚坐椅，待飯至，地忽大動。予徐起離褥啟窗，先望庫屋，意謂庫去歲大加修繕，可以據焉。躊躇間震益大，見電燈搖動非常，乃倉卒旋踵至庭中。……時近聞爆音，忽又聞消防車之聲，蓋失火也。

「須臾消防車去，以為火熄，豈意乃水道壞，消火無術可施也。內子以鐵葉桶盛水來，乃投鹽於中連飲之，曰，桔槔倒，以手引繩而汲，故遲遲耳。予曰，荒野氏如何？曰，倖免，但對面之頂屋瓦皆墜，某頭傷來乞水。予曰，何處失火？曰，齒科醫學校也。予時立而四顧。……黑煙益低，火星之降者漸多，遂決意作逃計。內子曰，不攜君物乎？予此時貪念全絕，忽憶及一書篋適在庫外，皆曾祖父集類，乃曰，然則攜此乎。內子遂挈之出，棄篋，以兒帶縛之，此他雖几邊一小物舉不及顧。蓋當時餘震至劇，予若命內子入內，萬一有事，恐有不堪設想者，且事急，率迫之際得脫此一函，亦足多矣。

「逃計既定，慮門前路隘有墮瓦之危，乃破庭前之籬以出。吾庭與鄰園接，鄰園為崖而多樹，故吾庭平日眺望曠敞，知友皆羨焉。今予等縋枝排莽而下，下至半途右顧，忽見火焰，蓋在吾庭之右有人家樓屋，故庭中不見火也。……至曉星小學校前，滿街狼狽，有跣足者，有襪而巾者，有於板上舁篤疾者，偶有婦人盛裝而趨者，紅裳翩飄，素足露膝不知也。予病中不喜著褌，此時一衣一帶一眼鏡耳，以故徐步之間尚頗恐露醜，心中獨苦笑。」

想像市河先生那時的情景，我亦不禁苦笑，其時蓋已在給我們教書十五年之後，據荷風說先生於昭和二年病故，則為地震後四年，即民國十六年也。

《爐錄》原書惜未得見，只能轉抄出這一部分，據云原本用漢文所寫，荷風引用時譯為和文，今又重譯漢文，失真之處恐不免耳。

（四月）

我是貓

我在東京的頭兩年，雖然在學日文，但是平常讀的卻多是英文書，因為那時還是英文比較方便，一方面對於日本的文學作品也還未甚瞭解。手頭有幾塊錢的時候常去的地方不是東京堂而是中西屋，丸善自然更是可喜，不但書多而且態度很好，不比中西屋常有小夥計跟著監視。

我讀林譯說部叢書的影響還是存在，一面又注意於所謂弱小民族的文學，此外俄法兩國小說的英譯本也想收羅，可是每月三十一圓的留學費實在不能買書，所以往往像小孩走過耍貨攤只好廢然而返。

一九〇六至八年中間翻譯過三部小說，現在印出的有英國哈葛得與安度闌二氏合著的《紅星佚史》，有丁未二月的序，又匈加利育珂摩耳的《匈奴奇士錄》，有戊申五月的序。這種書稿賣價至多兩文錢一個字，但於我卻不無小補，伽納忒夫人譯屠介涅夫集十五冊以及勃闌特思博士的《波闌印象記》這些英書都是用這款買來的。

還有一部譯本是別一托爾斯泰的小說《銀公爵》，改題「勁草」，是司各德式的很有趣味的歷史小說，沒有能賣掉，後來連原稿都弄丟了。戊申以後遂不再賣稿，雖然譯還是譯一點，也仍是譯歐洲的作品，日本的東西沒有一篇，到後來為《新青年》譯小說才選了江馬修的短篇《小小的一個人》，那已經是民國七八年的事情了。

但是，日本報紙當然每天都看，像普通的學生們一樣，總是《讀賣》與《朝日》兩種新聞，此外也買點文學雜誌，這樣地便與日本新文學也慢慢接近。四年前我為張我軍先生的《文學論》譯本寫一篇小序，有一節云：

「不過夏目的文章是我素所喜歡的，我的讀日本文書也可以說是從夏目起手。我初到東京時夏目在雜誌《保登登岐須》（此言子規）上發表的小說《我是貓》正很有名，其單行本上卷也就出版，接著他在大學的講義也陸續給書店去要了來付印，即這本《文學論》和講英國十八世紀文學的一冊《文學評論》。……夏目的小說，自《我是貓》，《漾虛集》，《鶉籠》以至《三四郎》和《門》，從前在赤羽橋邊的小樓上偷懶不去上課的時候，差不多都讀而且愛讀過，雖然我所最愛的還是《貓》，但別的也都頗可喜，可喜的卻並不一定是意思，有時便只為文章覺得令人流連不忍放手。夏目而外這樣的似乎很少，後輩中只是志賀直哉有此風味，其次或者是佐藤春夫罷。」

上文末尾所說的話仔細想來或不十分確切，只說他們兩位文章也都很好就是了，風味實在不大相同，蓋夏目的文章特別是早期的很有他獨自的特色，這或者可以說是英國紳士的幽默與江戶子的灑脫之和合吧。他專攻英文學，又通和漢古典，同了正岡子規做俳句與寫生文，把這個結果全用在小說上邊，這就成了他一派作品的特種風味。

《我是貓》與《鶉籠》中的一篇《哥兒》，我自己很喜歡讀，也常勸學日文的朋友們讀，因為這是夏目漱石的早期代表作，而且描寫日本學生生活及社會都很可以增加我們的見識瞭解，比別的書要更為有益。不過這些書也就因此比較不容易讀，社會情形之差異，一也，文字與口氣之難得恰好領解，又其二也。例如「我是貓」這個書名，從漢文上說只有這一個譯法，英文也是譯為 **I am a Cat**，所以不能算不對，然而與原文比較，總覺得很有點失掉了神采了。

原名云 Wagahai wa neko dearu。第一，Wagahai 這字寫作「我輩」，本意是說我們，與漢字原義相同，但是用作單數代名詞時則意仍云「我」而似稍有尊大的口氣，在中國無相似的例。又 de-aru 在語法上本為 da 之敬語，在文章上卻是別有一番因緣，明治時代新文學發達，口語文漸漸成立，當時有 da 式，desu 式，de-arimasu 式，de-aru 式諸種寫法，嘗試的結果留下兩個，即二葉亭的 da 與紅葉山人的 de-aru 式，二者之差別似只在文氣的粗細上，用者各有所宜，讀者或亦各有所好也。

夏目之貓如云 Orewa neko ja，則近於車夫家的阿黑，如云 Watashiwa neko de gozaimasu，則似二弦琴師家的三毛子，今獨云云，即此一語已顯然露出教師苦沙彌家無名貓公的神氣，可謂甚妙，然而用別國言語無論英文漢文均不能傳達出此種微妙的口氣。

又如《哥兒》原題云 Botchan，查其本源蓋出於坊，讀若 Bo，本是坊巷，轉為僧坊，繼而居僧坊者稱曰坊樣，小兒頭圓如僧亦曰坊樣，由 Bosama 又讀作 Bochama，再轉為 Botchan，即書名的原語。但 Bochama 一面為對小兒親愛的稱呼，哥兒一語略可相對，而別一方面又用以譏笑不通世故者，中國雖亦有公子哥兒之語，似終未能恰好，蓋此二語之通俗性相差頗遠也。

這樣說來好像夏目的書難讀得很，連書目也就這樣麻煩，其實當然未必如此，我這裡只舉個例說明原文口氣之複雜，若作普通譯語看則我是貓與哥兒也就很可以過得去了。學日文的人如目的只想看普通講學的文章那也算了，若是從口語入手想看看文學作品的不讀夏目的小說覺得很是可惜，所以略為介紹。《哥兒》與《草枕》都已有漢譯本，可以參照，雖然譯文不無可以商酌之處。《我是貓》前曾為學生講讀過兩遍，全譯不易，似可以注釋抽印，不過一時還沒有工夫動手，如有人肯來做這工作，早點成功，那是再好也沒有的事了。

（五月）

和文漢讀法

梁任公著《和文漢讀法》不知道是在那一年，大約總是庚子前後吧，至今已有三十多年，其影響極大，一方面鼓勵人學日文，一方面也要使人誤會，把日本語看得太容易，這兩種情形到現在還留存著。

近代的人關於日本語言文字有所說明的最早或者要算是黃公度吧。《日本雜事詩》二卷成於光緒五年（一八七九），其卷上注中有一則云：

「市廛細民用方言者十之九，用漢言者十之一而已。日本全國音惟北海道有歧異，其餘從同，然士大夫文言語長而助詞多，與平民甚殊，若以市井商賈之言施於搢紳，則塞耳退矣，故求通其語甚難。字同而聲異，語同而讀異，文同而義異，故求譯其文亦難。」

八年後，即光緒十三年（一八八七）又撰成《日本國志》四十卷，其三十三卷為學術志之二，文學一篇洋洋四千言，於中日文字問題多所論列，大抵預期中國文體變革最為有識，其說明日文以漢字假名相雜成文之理亦有可取，文云：

「日本之語言其音少，其語長而助辭多，其為語皆先物而後事，先實而後虛，此皆於漢文不相比附，強襲漢文而用之，名物象數用其義而不用其音，猶可以通，若語氣文字收發轉變之間，循用漢文，反有以鉤章棘句詰曲聱牙為病者。故其用假名也，或如譯人之變易其辭，或如紹介之通達其意，或如瞽者之相之指示其所行，有假名而漢文乃適於用，勢不得不然也。」

這兩節都是五十年前的話了，假如說得有點錯誤本是難怪，但是我讀了甚為佩服，因為他很能說明和文的特點，即文中假名部分之重要，以及其瞭解之困難是也。

本來日本語與中國語在系統上毫無關係，只因日本採用中國文化，也就借了漢字過去，至今沿用，或訓讀或音讀，作為實字，至於拼音及表示虛字則早已改用假名，漢字與假名的多少又因文章而異。正如黃君所說，今上自官府下至商賈通行之文大抵兩者相雜各半，亦有「專用假名以成文者，今市井細民閭巷婦女通用之文是也」。

日本普通文中所謂虛字，即天爾乎波等助詞與表示能所等助動詞，固然全用了假名，就是動詞形容詞的語尾也無不以假名寫之，這差不多已包含了文法上重要部分，漢字的本領便只在表明各個的名詞動詞形容詞的意義而已。其實也還只有當作名詞用的漢字可以說是自己完全的，若動詞形容詞必須將語根語尾合了起來才成一個完整的意思，所以這裡漢字的地位並不很重要，好像裸體的小孩連上下身是個整個，這只是一件小汗衫而已，我們中國人習慣於用本國的漢字，多少又還留下認方塊字的影響，以為每一個字就是整個，便容易誤會日本好講廢話，語尾原是不必要的廢物，可以乾脆割掉丟開了事。

在我們的立場去想，原來也是莫怪，不過若想用了這種方法去瞭解日本文字，那未免很有點困難了。黃君用了好些比喻，如譯人，紹介，瞽者之相等，委曲地說明假名在和文中重要的職務，這是我覺得最可佩服的地方，而《和文漢讀法》卻也就在這裡不免有缺點，容易使人誤解了。

《和文漢讀法》我在三十年前曾一見，現今手頭沒有此書，未能詳說，大抵是教人記若干條文法之後刪去漢字下的語尾而顛倒鉤轉其位置，則和文即可翻為漢文矣。本來和文中有好些不同的文體，其中有漢文調一種，好像是將八大家古文直譯為日文的樣子，在明治初期作者不少，如《佳人之奇遇》的作者柴東海散史，《國民之友》的編者德富蘇峰，都寫這類的文章，那樣的鉤而讀之的確可以懂了，所以《和文漢讀法》不能說是全錯，不過這不能應用於別種的文體，而那種漢文調的和文近來卻是漸將絕跡了。

現在的日本文大約法律方面最易讀，社會與自然科學次之，文藝最難，雖然不至於有專用假名的文章，卻總說的是市井細民閭巷婦女的事情，所以也非從口語入手便難以瞭解。從前戴季陶院長還沒有做院長時曾答人家的問，說要學日文二年可以小成，要好須得五年，這話我覺得答得很好。

《和文漢讀法》早已買不到了，現在也少有人知道，可是他們的影響至今還是存在，希望記住幾十條條例，在若干星期裡學會日文的人恐怕還是很多。我想說明一聲，這事是辦不到的。日文到底是一種外國語，中間雖然夾雜著好些漢字，實際上於我們沒有多大好處，還是要我們一天天的讀，積下日子去才會見出功效來。

我不怕嘴快折了希望速成的諸君的銳氣，只想老實說話，將實情報告各位，據我想還是慢慢地往前進為佳，蓋時光實在是「快似慢」，一年半載便是空閒著也就倏忽地過去也。

黃公度既知和文的特色，對於漢文亦頗有高明的意見，如云：

「周秦以下文體屢變，逮夫近世章疏移檄告諭批判，明白曉暢務期達意，其文體絕為古人所無。若小說家言，更有直用方言以筆之於書者，則語言文字幾幾乎復合矣。余又烏知夫他日者不更變一文體為適用於今通行於俗者乎。」

在那時候，日本文壇上的言文一致運動尚未發生，黃君乃能有此名言，預示中國白話文的途徑，真可謂先覺之士矣。乃事隔四十八年，中國又有讀經存文的呼聲，此足見思想文化之老在那裡打圈子，更令人覺得如黃君的卓識為不可多得了。

（六月）

日本話本

中國人學日本文有好些困難的地方，其第一重大的是日本文裡有漢字。這在不懂漢字的西洋人看來自然是一件大難事，既學日本話，還要記漢字，我們中國人是認得漢字的，這件事似乎不成問題了。

這原是不錯的。但是，因為我們認得漢字，覺得學日本文不很難，不，有時簡直看得太容易了，往往不當它是一種外國語去學，於是困難也就出來，結果是學不成功。這也是一種輕敵的失敗。

日本文裡無論怎樣用漢字，到底總是外國語，與本國的方言不同，不是用什麼簡易速成的方法可以學會的。我們以為有漢字就容易學，只須花幾星期的光陰，記數十條的公式，即可事半功倍的告成，這實在是上了漢字的大當，工夫氣力全是白花，雖然這當初本來花得不多。我常想，假如日本文裡沒有漢字，更好是連漢語也不曾採用，那麼我們學日本文一定還可以容易一點。

這不但是說沒有漢字的誘惑我們不會相信速成，實際上還有切實的好處。漢字的讀音本來與字面游離的，我們認識了讀得出這一套，已經很不容易，學日文時又要學讀一套，即使吳音漢音未必全備，其音讀法又與中國古音有相通處，於文學者大有利益，總之在我們凡人是頗費力的事，此外還得記住訓讀，大抵也不止一個。例如「行」這一字，音讀可讀如下列三音：

一，行列（gioritsu），

二，行路（koro），

三，行腳（angia）。又訓讀有二：

一，行走之行云 **yuku**，

二，行為之行云 **okonau**。

此字在中國本有二義，自然更覺麻煩，但此外總之至少也有一音一訓的讀法，而在不注假名的書中遇見，如非諳記即須去查字典，不能如埃及系統的文字雖然不懂得意義也能讀得音出也。因為音訓都有差異，所以中國人到日本去必得改姓更名，如鼎鼎大名的王維用威妥瑪式拼音應是 Wang-wei，但在日本人的文章裡非變作O-i不可，同樣如有姓小林（Kobayashi）的日本人來中國，那麼他只得暫時承認是Hsiaolin了。

這樣的麻煩在別的外國是沒有的，雖然從前羅素的女秘書Miss Black有人譯作黑女士，研究漢學的Soothill譯作煤山氏，研究日本的Basil Hall Chamberlain曾把他自己的兩個名字譯作「王堂」，當作別號用過，可是這都是一種例外，沒有像日本那樣的正式通用的。有西洋人在書上紀載道，「日本人在文字上寫作Cloud-sparrow，而讀曰Lark。」日本用「雲雀」二字而讀作hibari，本是普通的事，但經人家那麼一寫便覺得很可發笑了。

假如日本文裡沒有漢字，那些麻煩便也可以沒有，學話的人死心塌地的一字一句去記，像我們學英法德文一樣，初看好像稍難，其實卻很的確實在，成功或較容易。不過這話說也徒然，反正既成的事實是無可如何，我們只希望大家不要太信賴漢字，卻把日本文重新認識，當作純粹的外國語去學習，也就好了。

我在這裡忽然想起友人真君前日給我的一封信來，文曰：

「前偶過市中，見車夫狀者多人，誦似日文而非日文之書，未細審之也。乃昨日在市場發現安東某書局發行之《日本話本》一冊，始悟前所見者之所以然。此種為殖民地土人而編之書，究不知尚有幾許耳。揀呈吾師，以供一慨云爾。」

與其說是慨歎，倒還不如說是好奇，想要知道這冊洋涇濱的日本話教本到底是怎麼一回事。頗出我意外，實在卻也應該是意中的，他的學習法正是完全把日本話當作外國語看，雖然其方針與目的原不大高明。

這是一冊十六頁的小書，題曰「中國口韻日本話本」，內分十五類，雜列單字，間有單句，用漢字注音，不列原文。光緒年間在上海出版的有好些《英語入門》之流大抵也是如此，蓋原意是供給商人僕夫等用，不足深責，其教話不教文的辦法與學文不學話的速成法也是各有短長，但可以借鏡的地方卻也並不是沒有。如雜語類中云：

「空你知三抱你買一立馬紹。」一看很是可笑，不知說的是什麼話，但上面記著中國話云：今天同去遊遊吧。這裡可注意的，「散步」一語老實地注作「三抱」，比我們從文字入手的先想起散步再去記出它的讀法來或者要直截一點。又如下列的兩句：

「南信你及馬十大」，你來做什麼。

「懊石代古大賽」，告訴。

這裡可以看出口耳相傳的特色來。第一句 Nani shini kimashita，說起來的確多變作 Nan shinni 云云，第二句 Oshiete kudasai，平常說作 Osete，雖然新村出的《辭苑》裡還未收入這個讀音。

這裡來恭維《日本話本》不是我們的本意，但覺得那種死心塌地一字一句照音學話法倒是學外國文的正路，很足供我們的參考。我想如有人要學日本話，會話用書須得全部用假名，詞類連書，按照口音寫下去，所有漢字都放在注解裡，讀本也可以照這樣的做，庶可救正重文之弊。

但是，只為讀書而學日本文也是可以的，學話自然非其所急了。然而現在的日本書還是以話為基本，所以學文也仍須從學話入手，不過不單以說話為目的罷了，若多記文法少習口語，則大意雖懂而口氣仍不明，還不免有囫圇吞棗之嫌也。

（七月）

文字的趣味（一）

學外國文的目的第一自然是在於讀書，但是在學習中還可以找得種種樂趣，雖然不過只是副產物，卻可以增加趣味，使這本來多少乾燥的功課容易愉快地進步。學外國語時注意一點語原學上的意義，這有如中國識字去參考《說文解字》以至鐘鼎甲骨文字，事情略有點兒繁瑣，不過往往可以看到很妙的故實，而且對於這語文也特別易於瞭解記得。日本語當然也是如此。日本語源字典還不曾有，在好的普通辭典上去找也有一點，但這在初學者不免很是困難罷了。

近代中國書好奇地紀錄過日本語的，恐怕要算黃公度的《日本雜事詩》最早了吧。

此詩成於光緒己卯（一八七九），八年後又作《日本國志》，亦有所記述。今舉一二例，如《雜事詩》卷二「琵琶偷抱近黃昏」一首注云：

「不由官許為私賣淫，夜去明來人謂之地獄女。又藝妓曰貓，妓家奴曰牛，西人妾曰羅紗牝，妻曰山神，小兒曰餓鬼，女曰阿魔，野店露肆垂足攫食者曰矢大臣，皆里巷鄙俚之稱。」

藝妓稱貓云云今且不談，只就別的幾個字略加解說。餓鬼讀如gakki，係漢語音讀，源出佛經，只是指小兒的卑語，與女曰阿魔同，阿魔（ama）即尼之音讀也。矢大臣（yadaijin）者即門神之一，與左大臣相對立，此言列坐酒店櫃檯邊喝碗頭酒的人。

山神（yama no kami）亦卑語，《日本國志》卷三十四禮俗志一婚娶條下云：

「平民妻曰女房，曰山神。」

注云：「瓊瓊杵尊娶木花笑耶，姬為富士山神，以美稱，故妻為山神。」

此說蓋亦有所本，但似未當，山神以醜稱，非美也。狂言中有《花子》（《狂言十番》譯本作「花姑娘」）一篇，爵爺道白有云：

「她說，我想看一看尊夫人的容貌。我就把羅剎的尊容做了一首小調回答她。」

又云：

「還有這件衫子是花姑娘給我的紀念品，給羅剎看見了不會有什麼好事的。」

這裡的羅剎原文都是山神。

《東北之土俗》講演集中有金田一京助的一篇《言語與土俗》，中云：

「盛岡地方有所謂打春田的儀式。這在初春比萬歲舞來得要略遲一點，從春初的秧田起，以至插秧，拔草，割稻，收穫種種舉動都舞出來，總之是一種年中行事，預祝一年的農作有好收成也。

盛岡俗語裡有好像打春田的娘子這一句話，所以演這舞的土地之神是年青美貌的一位處女神。可是在一年的收穫完了的時候，說是土地神上到山上去，變為山神了，舞了後那美麗的假面拍地吊了下來，換了一個漆黑的醜惡可怕的女人臉，退回後臺。據說那就是山神的形相。

據本地的人說，土地之神是美麗而溫和，山神乃是醜而妒，易怒可怕的女神。」

後又云：

「中世稱人家的妻曰 kamisama（上樣）。這意思是說上頭，是很大的敬語。後來漸漸普遍化了，現在改換了奧樣奧方這些稱呼，在東京上樣這句話只用以叫那市街或商家的妻子，但是在內地也還有用作稱人妻的最上敬語的。

戲將上樣與音讀相同的神樣相混，加以嘲弄之意稱曰山神，此實為其起源。蓋在對於山神的古代重要的觀念之外，中世又有前述的易怒而妒且醜的女神這一觀念也。

這事在盛岡的打春田的土俗中明白地遺留著，是很有意義的，我的山神考便是以這土俗為唯一的線索而做出來的也。」

《雜事詩》卷二「末知散步趁農閒」一首注中有云：

「栗曰九里，和蘭薯曰八里半。」

《日本國志》卷三十五禮俗志二飲食條下云：

「蕃薯，本呂宋國所產，元祿中由琉球得之，關西曰琉球薯，關東曰薩摩薯，江戶婦人皆稱曰阿薩，店家榜曰八里半。（栗字國音同九里，此謂其味與栗相似而品較下也。）煨而熟之，江戶八百八街，角街必有薯戶，自卯晨至亥夜，灶煙蓬勃不少息，貴賤均食之。然灶下養婢，打包行僧，無告窮苦，尤貪其利，蓋所費不過數錢，便足果腹也。」

八里半乃是烤白薯（yaki-imo）的異名，若是生的仍稱薩摩芋，阿薩亦是指烤熟的，此乃女人用語，即加接頭敬語「御」字於薩摩芋而又略去其末二字耳。黃君描寫烤白薯一節文字固佳，其注意八里半尤妙，即此可見其對於文字的興趣也。

江戶作家式亭三馬著滑稽小說《浮世床》（此處床字作理髮館解）初編中已說及七里半，民間又或稱曰十三里，其解說則云烤白芋之味比栗子更好吃，kuri（栗又可讀作九里）yori（比較又云四里）umai（美味），九加四即是十三里也。

（八月）

文字的趣味（二）

日本語中特別有一種所謂敬語，這是在外國語裡所很少見的。中國話中本來也有尊姓台甫那一套，不過那是很公式的東西，若是平常談話裡多使用，便覺得有點可笑了。

日本的敬語稍有不同，他於真正表現恭敬之外，還用以顯示口氣鄭重的程度，在學話的人不免略有困難，但如谷崎潤一郎在《文章讀本》所說，這卻有很大的好處，因為讀者能夠從這上面感到人物與事情的狀態，可以省去好些無謂的說明。還有日本女人說話的口氣也有一種特殊的地方，與男子不一樣，在文章的對話中特別有便利，也是別國的言語裡所沒有的，雖然這與敬語別無多大的關係。

日本敬語中最普通的是一個御字。《日本雜事詩》卷二「末知散步趁農閒」一首注云：

「茶曰御茶。御為日本通用之字，義若尊字。」

日本語有訓讀音讀之異，御字亦然，通例是加於音讀字上用音讀曰 go，加於訓讀字上用訓讀曰 o。茶字本係音讀字，唯因日本原無此物，即無此訓，故茶字便以準訓讀論，御茶即讀為 ocha，若飯曰御飯，音讀曰 gohan，而御食事又以準訓讀論曰 oshokuji，頗多例外，但大旨則如上文所說耳。

御字又有訓讀曰 mi，雖略古舊，仍偶然有用者，往往與 o 相重，造成很奇妙的俗語。其一如：omiotsukè，如寫漢字當云御御御漬。俗稱湯曰御漬（otsukè），今專以稱「味噌汁」（misojiru），味噌汁者以豆醬作湯，中著瓜蔬豆腐為湯料，日常早飯時多用之。婦孺於御漬之上再加敬語，遂至三疊，今為東京通行家庭語，非細加思索幾乎忘記其語原如此矣。

其次有：omikoshi，此曰御神輿，又 omikuji，此曰御神鬮。迎神時以輿載神體（不一定是神像）曰神輿，實即御輿，今又加上一御字去，神鬮即中國簽經之類。又供神之酒亦云 omiki，此曰御神酒。此一類皆屬於神道的事物，故特示尊重亦無足怪。

日本語學者云此 omi- 乃是 oomi- 之略，蓋云大御，omikoshi 猶云大御輿，餘準此。但御字本係大字音之略，然則大御亦仍是御御，唯為變化起見寫作神或尊或大自無所不可，至其為同義疊字固無疑耳。

其三，**omiäshi**，此曰御尊足。本來人身各部分都有敬稱，如手曰御手（**otê**），耳曰御耳（**omimi**），均不作 **omitê** 及 **omimimi**，只有這腳卻是例外。足亦可曰御足，讀若 **oäshi**，可是日本語中有此一語而不作「腳」解，普通乃作為「錢」的俗稱。據小峰大羽編《東京語辭典》云：

「御足，錢之異名。只稱小錢，不用於紙幣及其他高值的貨幣。」又服部嘉香著《新語原解釋字典》云：「因其通用流轉於世間，恍如有腳，故名。」在宮本光玄著《隱語字典》中則云：「根據晉魯褒《錢神論》，無翼而飛，無足而走。」我想服部的話大抵不錯，與《錢神論》只是暗合罷了。大約腳在當初也是稱作御足，後來錢的異名通行於世，於是腳遂升格而為「大御足」了。

講到腳，我又想到了別一句話：「洗足」（**ashiwoarau**）。這除了作用水洗腳八椏子的正解外還有別的意思，據藤井乙男博士的《諺語大辭典》云：「脫賤業而就正業也。」日本俗語中有泥足（**doroashi**）泥水家業（**doromizukagyō**）二語，查石山福治著《日支大辭彙》，泥足及泥水均注曰「煙花界」。准照中國青泥蓮花之語，以污泥比賤業本亦平常，然則歇業正可謂之洗腳，不必再有說明了。

但是，這裡還有一點掌故可以談談。

據阿部弘藏著《日本奴隸史》第十六章說，德川時代除純粹的奴隸以外還有所謂下流人，即營各種卑微的職業者，其地位在普通人民與「穢多非人」之間，屬穢多首領所管轄。書中敘述其事云：

「欲營是諸職業者例須赴牢頭彈左衛門處，請求許可。是時牢頭延之上坐，照例云，即使不幹這事也還有別的生意可做吧，我想還是請你再去好好地考慮一下。於是唯唯而退，一二日後再往，仍延入問曰，此外還有什麼生意做麼？答云，無論怎樣想，總沒有別的生意可做了。曰，還請你去同親戚商量了再看。

「這回仍唯唯辭出，三四日後再往，仍延入，曰，此外沒有別的生意做麼？答曰，同親戚仔細商量，無論如何此外沒有辦法了，所以要請你照應。再問道，那麼真是屈尊歸我的管轄了麼？答曰，是，務請照管。這時牢頭忽發威大喝一聲曰，下去！此人預知如此因即連聲應曰著著，赤足走出蹲伏院中，於是牢頭對之宣示各項條款。

「此後一年兩回須至首領處報到，仍跣足伏門外。將廢業時又至其處曰，久蒙照管，現在想要廢業了。牢頭遂令取木盆汲水來，命令曰，用這洗腳吧！即如命洗訖，主人乃曰，請入內。延入內室，對之致賀曰，現在廢業了，奉賀奉賀。遂遣出。此即謂洗足（ashiarai）也。」

由此可知洗腳乃是實事，並非單是比喻，泥足之稱或與此有關係，至於泥水蓋是別一事，如上文說及只是污泥的意思罷了。

（十月）

情理

管先生叫我替《實報》寫點文章，我覺得不能不答應，實在卻很為難。這寫些什麼好呢？

老實說，我覺得無話可說。這裡有三種因由。一，有話未必可說。二，說了未必有效。三，何況未必有話。

這第三點最重要，因為這與前二者不同，是關於我自己的。我想對於自己的言與行我們應當同樣地負責任，假如明白這個道理而自己不能實行時便不該隨便說，從前有人住在華貴的溫泉旅館而嚷著叫大眾衝上前去革命，為世人所嗤笑，至於自己尚未知道清楚而亂說，實在也是一樣地不應當。

現在社會上忽然有讀經的空氣繼續金剛時輪法會而湧起，這現象的好壞我暫且不談，只說讀九經或十三經，我的贊成的成分倒也可以有百分之十，因為現在至少有一經應該讀，這裡邊至少也有一節應該熟讀。這就是《論語》的《為政》第二中的一節：「子曰，由，誨汝知之乎，知之為知之，不知為不知，是知也。」

這一節話為政者固然應該熟讀，我們教書捏筆桿的也非熟讀不可，否則不免誤人子弟。我在小時候念過一點經史，後來又看過一點子集，深感到這種重知的態度是中國最好的思想，也與蘇格拉底可以相比，是科學精神的源泉。

我覺得中國有頂好的事情，便是講情理，其極壞的地方便是不講情理。隨處皆是物理人情，只要人去細心考察，能知者即可漸進為賢人，不知者終為愚人，惡人。

《禮記》云，飲食男女人之大欲存焉，死亡貧苦人之大惡存焉。《管子》云，倉廩實則知禮節，衣食足則知榮辱。這都是千古不變的名言，因為合情理。現在會考的規則，功課一二門不及格可補考二次，如仍不及格則以前考過及格的功課亦一律無效。這叫做不合理。全省一二門不及格學生限期到省會考，不考慮道路的遠近，經濟能力的及不及。這叫做不近人情。教育方面尚如此，其他可知。

這所說的似乎專批評別人，其實重要的還是借此自己反省，我們現在雖不做官，說話也要謹慎，先要認清楚自己究竟知道與否，切不可那樣不講情理地亂說。

說到這裡，對於自己的知識還沒有十分確信，所以仍不能寫出切實有主張的文章來，上邊這些空話已經有幾百字，聊以塞責，就此住筆了。

（廿四年五月）

【附記】

管翼賢先生來訪，命為《實報》寫「星期偶感」，在星期日報上發表，由五人輪流執筆，至十一月計得六篇，便集錄於此。

十一月廿六日記。

常識

輪到要寫文章的時候了，文章照例寫不出。這一個多月裡見聞了許多事情，本來似乎應該有話可說，何況僅僅只是幾百個字。可是不相干，不但仍舊寫不出文章，而且更加覺得沒有話說。

老實說，我覺得我們現在話已說得太多，文章也寫得太多了。我坐在北平家裡天天看報章雜誌，所看的並不很多，卻只看見天天都是話，話，話。回過頭來再看實際，又是一塌糊塗，無從說起。

一個人在此刻如不是閉了眼睛塞住耳朵，以至昧了良心，再也不能張開口說出話來。我們高叫了多少年的取消不平等條約的口號，實際上有若何成績，連三十四年前的辛丑合約還條條存在。不知道那些專叫口號貼標語的先生那裡去了，對於過去的事可以不必再多說，但是我想以後總該注重實行，不要再想以筆舌成事，因這與畫符念咒相去不遠，究竟不能有什麼效用也。

古人云，為治者不在多言，顧力行何如耳。這原是很對的，但在有些以說話為職業的人，例如新聞記者，那怎麼辦呢？新聞而不說什麼話，豈不等於酒店裡沒有酒，當然是不成。據我外行人想來，反正現在評論是不行，報告又不可，就是把北岩勳爵請來也是沒有辦法的，那麼何妨將錯就錯（還是將計就計呢），去給讀者做個談天朋友，假如酒樓的柱子上貼著莫談國事或其他二十年前的紙條，那麼就談談天地萬物，以交換智識而聯絡感情，不亦可乎。

我想，在言論不大自由的時代，不妨有幾種報紙以評論政治報告消息為副課，去與平民為友，供給讀者以常識。說到這裡，圖窮而匕首見，題目出來，文章也就可以完了。不過在這裡要想說明一句，便是關於常識的解釋，我們無論對於讀者怎麼親切，在新聞上來傳授洋蠟燭的製造法，或是複利的計算法，那總可不必罷。

所謂常識乃只是根據現代科學證明的普通知識，在初中的幾種學科裡原已略備，只須稍稍活用就是了。如中國從前相信華人心居中，夷人才偏左，西洋人從前相信男人要比女人少一支肋骨，現在都明白並不是這麼一回事。我們如依據了這種知識，實心實意地做切切實實的文章，給讀者去消遣也好，捧讀也好，這樣弄下去三年五年十年，必有一點成績可言。

說這未必能救國，或者也是的，但是這比較用了三年五年的光陰再去背誦許多新鮮古怪的抽象名詞總當好一點，至少我想也不至於會更壞一點吧。

（六月）

責任

「天下興亡，匹夫有責。」這是讀書人常說的一句話，作為去幹政治活動的根據的，據說這是出於顧亭林。查《日知錄》卷十三有這樣的幾句云：「保國者，其君其臣肉食者謀之。保天下者，匹夫之賤與有責焉耳矣。」再查這一節的起首云：「有亡國，有亡天下。亡國與亡天下奚辨？曰，易姓改號，謂之亡國。仁義充塞而至於率獸食人，人將相食，謂之亡天下。」

顧亭林誰都知道是明朝遺老，是很有民族意識的，這裡所說的話顯然是在排滿清，表面上說些率獸食人的老話，後面卻引劉淵石勒的例，可以知道他的意思。保存一姓的尊榮乃是朝廷裡人們的事情，若守禮法重氣節，使國家勿為外族所乘，則是人人皆應有的責任。

我想原義不過如此，那些讀書人的解法恐怕未免有點歪曲了吧。但是這責任重要的還是在平時，若單從死難著想毫無是處。倘若平生自欺欺人，多行不義，即使卜居柴市近旁，常往崖山踏勘，亦復何用。

洪允祥先生的《醉餘隨筆》裡有一節說得好：

「《甲申殉難錄》某公詩曰，愧無半策匡時難，只有一死報君恩。天醉曰，沒中用人死亦不濟事。然則怕死者是歟？天醉曰，要他勿怕死是要他拚命做事，不是要他一死便了事。」

這是極精的格言，在此刻現在的中國正是對症服藥。《日知錄》所說匹夫保天下的責任在於守禮法重氣節，本是一種很好的說法，現在覺得還太籠統一點，可以再加以說明。光是復古地搬出古時的德目來，把它當作符似地貼在門口，當作咒似地念在嘴裡，照例是不會有效驗的，自己不是巫祝而這樣地祈禱和平，結果仍舊是自欺欺人，不負責任。

我們現在所需要的是實行，不是空言，是行動，不是議論。這裡沒有多少繁瑣的道理，一句話道，大家的責任就是大家要負責任。我從前曾說過，要武人不談文，文人不談武，中國才會好起來，也原是這個意思，今且按下不表，單提我們捏筆桿寫文章的人應該怎樣來負責任。

這可以分作三點。一是自知。「知之為知之，不知為不知。」不知妄說，誤人子弟，該當何罪，雖無報應，豈不慚愧。二是盡心。文字無靈，言論多難，計較成績，難免灰心，但當盡其在我，鍥而不捨，歲計不足，以五年十年計之。三是言行相顧。中國不患思想界之缺權威，而患權威之行不顧言，高臥溫泉旅館者指揮農工與陪姨太太者引導青年，同一可笑也。

無此雅興與野心的人應該更樸實的做，自己所說的話當能實踐，自己所不能做的事可以不說，這樣地辦自然會使文章的虛華減少，看客掉頭而去，但同時亦使實質增多，不誤青年主顧耳。文人以外的人各有責任，茲不多贅，但請各人自己思量可也。

（八月）

談文

這幾天翻閱近人筆記，見葉松石著《煮藥漫抄》卷下有這一節，覺得很有意思。

「少年愛綺麗，壯年愛豪放，中年愛簡練，老年愛淡遠。學隨年進，要不可以無真趣，則詩自可觀。」

葉松石在同治末年曾受日本文部省之聘，往東京外國語學校教漢文，光緒五六年間又去西京住過一年多，《煮藥漫抄》就是那時候所著。但他壓根兒還是詩人，《漫抄》也原是詩話之流，上邊所引的話也是論詩的，雖然這可以通用於文章與思想，我覺得有意思的就在這裡。

學隨年進，這句話或者未可一概而論，大抵隨年歲而變化，似乎較妥當一點。因了年歲的不同，一個人的愛好與其所能造作的東西自然也異其特色，我們如把綺麗與豪放並在一處，簡練與淡遠並在一處，可以分作兩類，姑以中年前後分界，稱之曰前期後期。

中國人向來尊重老成，如非過了中年不敢輕言著作，就是編訂自己少作，或評論人家作品的時候也總以此為標準，所以除了有些個性特別強的人，又是特別在詩詞中，還留存若干綺麗豪放的以外，平常文章幾乎無不是中年老年即上文所云後期的產物，也有真的，自然也有仿製的。

我們看唐宋以至明清八大家的講義法的古文，歷代文人講考據或義理的筆記等，隨處可以證明。那時候叫青年人讀書，便是強迫他們磨滅了純真的本性，慢慢人為地造成一種近似老年的心境，使能接受那些文學的遺產。這種辦法有的也很成功的，不過他需要相當的代價，有時往往還是得不償失。少年老成的人是把老年提先了，少年未必就此取消，大抵到後來再補出來，發生冬行春令的景象。

我們常見智識界的權威平日超人似地發表高尚的教訓，或是提倡新的或是擁護舊的道德，聽了著實叫人驚服，可是不久就有些浪漫的事實出現，證明言行不一致，於是信用掃地，一塌糊塗。我們見了破口大罵，本可不必，而且也頗冤枉，這實是違反人性的教育習慣之罪，這些都只是犧牲耳。《大學》有云「是謂拂人之性，菑必逮夫身」。現今正是讀經的時代，經訓不可不三思也。

少年壯年中年老年，各有他的時代，各有他的內容，不可互相侵犯，也不可顛倒錯亂。最好的辦法還是順其自然，各得其所。北京有一首兒歌說得好，可以唱給諸公一聽：

「新年來到，糖瓜祭灶。
姑娘要花，小子要炮。
老頭子要戴新呢帽，
老婆子要吃大花糕。」

（七月）

再談文

鄙人近來很想寫文章，卻終於寫不出什麼文章來。這為什麼緣故呢？力量不夠，自然是其一。然而此外還有理由。

寫文章之難有二，自古已然，於今為烈。這可以用《笑林》裡的兩句話來做代表，一是妙不可言，二是不可言妙。

情動於中而形於言，這自是定理，但是言往往不足以達情，有言短情長之感。佛教裡的禪宗不立文字，就是儒家也有相似的意思，如屈翁山在《廣東新語》中記「白沙之學」云：

「白沙先生又謂此理之妙不可言，吾或有得焉，心得而存之，口不可而言之。比試言之，則已非吾所存矣，故凡有得而可言，皆不足以得言。」這還是關於心性之學的話，在文學上也是如此。司空表聖有「不著一字盡得風流」一境，固然稍嫌玄虛，但陶淵明詩亦云，「此中有真意，欲辯已忘言」，可知這是實在有的，不過在我們凡人少遇見這些經驗而已。沒有經驗，便不知此妙境，知道了時又苦於不可得而言，所以結果終是難也。

有人相信文字有靈，於是一定要那麼說，彷彿是當做咒語用，當然也就有人一定不讓那麼說。這在文字有靈說的立場上都是講得通的，兩方面該是莫逆於心，相視而笑了，但是也有覺得文字無靈的，他們想隨便寫寫說說，卻有些不大方便。因為本來覺得無靈，所以也未必非說不可地想硬說，不過可以說的話既然有限制，那麼說起來自然有枯窘之苦了。

話雖如此，這於我都沒有多大關係，因為我並無任何的「妙」要說，無論是說不出或是說不得的那一種。我寫文章，一半為的是自己高興，一半也想給讀者一點好處，不問是在文章或思想上。我常想普通在雜誌新聞上寫文章不外三種態度。甲曰老生常談，是啟蒙的態度。乙曰市場說書，是營業的。丙曰差役傳話，是宣傳的。我自己大約是甲加一點乙，本是老翁道家常，卻又希望看官們也還肯聽，至少也不要一句不聽地都走散。

但是，這是大難大難。有些朋友是專喜歡聽差役傳話的，那是無法應酬，至於喜說書原是人情之常，我們固然沒有才能去學那一套，但也不可不學他們一點，要知道一點主顧的嗜好。這個便絕不容易。中年知識階級的事情我略知一二，他們不能脫除專制思想與科舉制度的影響，常在口頭心頭的總不出道德仁義與爵祿子女，這個恕難奉陪，所以中年的讀物雖然也應該供給卻是無從下手，只好暫且不談。

大眾是怎樣呢？這是大家所很想知道的，特別是在我們現今在報上寫點小文章的人。可惜我還未能明確地知道。約略一估量，難道他們竟是承受中年知識階級的衣缽的麼？這個我不敢信，也不敢就斷然不信。總之，我還不清楚大眾喜歡聽什麼話；因此未能有所盡言，我所說的文章（寫了聊以自娛的文章在外）之難寫就是這個緣故。

（九月）

談中小學

五年前我寫過一篇小文，題曰「體罰」，起頭有這幾句話：

「近來隨便讀斯替文生的論文《兒童的遊戲》，首節說兒時之過去未必怎麼可惜，因為長大了也有好處，譬如不必再上學校了，即使另外須得工作，也是一樣的苦工，但總之無須天天再怕被責罰，就是極大的便宜。我看了不禁微笑，心想他老先生小時候大約很打過些手心吧。」

前日又看尤西堂的《艮齋雜說》，卷五講到前輩俞君宣的逸事，有云：

「俞臨沒時語所親曰，吾死無所苦，所苦此去重抱書包上學堂耳。」俞君宣大約是滑稽之雄，所以說的很是好玩，但是我覺得在這詼諧之中很含有悲哀的分子，非意識地顯出對於兒童時代生活的惆悵，與斯替文生有點相像。兒童之過去未必怎麼可惜，這為什麼呢？兒時是應該令人覺得可以懷念的，斯替文生卻以為過去了也好，俞君宣又怕回到那個狀態去，一個說因此可免於挨打，一個說怕抱書包去上學。由此觀之，兒時快樂之多為學堂所破壞，蓋很可以明瞭了。

俞君宣總生於明末清初，斯替文生也是十九世紀的人了，他們的經驗或者未必通用於現代，這也是一種可以有的說法。但是據我看來並不如此。英國或者改進了，我不懂西洋事情姑且不談，若是中國我覺得俞君宣的話還是不錯。現在中小學生的生活是很不幸的一種生活，從前的學堂即是書房，完全沒有統一的辦法，都是由各家長的規矩各塾師的教法隨便決定，有極嚴的也有很寬的，有的要讀夜書到半夜，有的到傍晚放學就可以出去玩耍亂跑，有的用蒲鞭示辱法的打五下手心，有的用竹枝鞭背外加擦鹽。

那時學生是有幸有不幸，看他有沒有運氣得到賢父兄，就是惡父兄而得遇良師也就不會十分吃苦。所以在有洋式學校以前學生抱書包進學堂並不一定就落了監牢，雖然好機會固然未必很多，然而不多到底還是有。此刻現在，則此「有」似乎是有點不可得了。

我並不說現今的學校制度不及從前書房私塾好，也沒有說學校怎樣地凌虐學生，這當然是不會有的事。我只覺得現在的中小學校太把學生看得高，以為他們是三頭六臂至少也是四隻眼睛的，將來要旋轉乾坤，須得才兼文武，學貫天人，用黎山老母訓練英雄的方法來，於是一星期六天（自然沒有星期以及暑假更好，聽說也已有什麼人說起過），一天八點十點的功課，晚上做各種宿題幾十道，寫大字幾張小字幾百，抄讀本，作日記，我也背不清楚，各科先生都認定自己的功課最重要，也不管小孩是幾歲，身體如何，晚上要睡幾個鐘頭，睡前有若干刻鐘可以做多少事。

我常聽見人訴說他家小孩的苦和忙於中小學功課與訓練，眼看著他們吃受不下去。我想這種教育似乎是從便宜坊的填鴨學來的，不過鴨是填好了就預備烤了吃的，不必管他填了之後對於鴨的將來生活影響如何，人當然有點不同吧，填似可不必，也恐怕禁不起填。

現行中小學制度的利弊會有也已有教育專家出來指正，外行人本可免開尊口，我只見了功課的繁重與訓練的緊急覺得害怕，想起古人的話來，替人家惆悵，也深自慶幸，因為我已如斯替文生之再也不必去上學，而且又不信輪回的，所以也不必像俞君宣之怕須重抱書包也。

（十一月）

孔德學校紀念日的舊話

我與孔德學校的關係並不怎麼深，但是卻也並不很淺。民國六年我來北京後便出入於孔德，十年在那裡講演過一篇《兒童的文學》，這已是十三年前的事了。以後教了幾年書，又參與些教材的會議，近來又與聞點董事會的事情，這回學校紀念日要我寫幾句文章，覺得似乎不好推辭，雖我所能說的反正也總是那些舊話。

民國二十三年間教育宗旨不知道變成怎麼樣子了，然而孔德是有它的宗旨的，我相信這在現在也還是沒有變。說什麼宗旨，像煞有介事的，老實說就只是一種意思，想讓學生自由發展，少用干涉，多用引導罷了。且莫談高調空論，只看看普通幼稚園的辦法就行，孔德學校的理論也只是一個園，想把學生當作樹木似的培植起來，中國有句老話，十年樹木，百年樹人，原來也是這個意思。這件事情卻是實實在在是「難似易」。

前兩天我在一篇小文章裡說過：「福勒貝爾（Froebel）大師的兒童栽培法本來與郭槖駝的種樹法相通，不幸流傳下來均不免貌似神離，幼稚園總也得受教育宗旨的指揮，花兒匠則以養唐花紮鹿鶴為事了。」這種情形悠悠者天下皆是，園藝之難得正鵠，蓋可知矣。

我常想中國的歷史多是循環的，思想也難逃此例。這不曉得是老病發作呢，還是時式流行，總之事實還是一樣。有一時談文化，有一時崇武力，有時鼓吹民主與科學，有時便恭維國粹與專制，三十年來已不知轉了幾個圈子。

政客文人口頭筆下亂嚷胡寫，很是容易，反正說轉去是那一套，翻過來又是這一篇，別無實際變化，落得永久時髦。苦只苦了實在辦事的，特別是教育家。受教育者是人，人到底不是物件，不好像耍猴似的朝三暮四地訓練，而且人才也不是朝三暮四地訓練所能成功的，這需要十年以至百年的確定的教育才行，而在中國不幸這是做不到。

要說孔德特別怎麼了不得原也未必，但它有一貫的意思，就是認定它教育的對象是兒童，兒童是什麼，智力體力是如何，去相應的加以引導，如此而已。這個本來是很平凡的意思，但因此便使它要遇見多少困難，趕不上時髦還在其次，所以我覺得這是值得表彰的。譬如像廣州那樣，勒令小學生讀那讀不懂的唐明皇注本《孝經》，又如蘇州那樣，叫小學生站在烈日下舉行什麼禮儀作法考查會，結果是七十多個學生暈倒了五十多個，這種問題是正在沿著鐵路爬，遲早會得遇見，要煩孔德費了種種心思去對付的。

我想孔德從前千辛萬苦的弄下來到了現在，此後自然還要繼續地千辛萬苦的再弄下去，那是不成問題的，我只想敬贈孔德的同事同學們一句話曰，「勿時髦」！我們仍舊認定我們教育的物件是兒童，要少干涉，多引導，讓他們自由發展。一時即使外邊紮成鹿鶴的松柏銷場很好，但造房屋作舟楫的木料還是切要的，我們就無妨來擔任這一部分冷落的工作。不過，這個很難，不及學時髦容易，所以大家還得要特別努力忍耐才得。

（廿三年十二月）

北大的支路

我是民國六年四月到北大來的，如今已是前後十四年了。本月十七日是北大三二周年紀念，承同學們不棄叫我寫文章，我回想過去十三年的事情，對於今後的北大不禁有幾句話想說，雖然這原是老生常談，自然都是陳舊的話。

有人說北大的光榮，也有人說北大並沒有什麼光榮，這些暫且不管，總之我覺得北大是有獨特的價值的。這是什麼呢，我一時也說不很清楚，只可以說他走著他自己的路，他不做人家所做的而做人家所不做的事。我覺得這是北大之所以為北大的地方，這假如不能說是他唯一的正路，我也可以讓步說是重要的一條支路。

蔡孑民先生曾說，「讀書不忘救國，救國不忘讀書」，那麼讀書總也是一半的事情吧？北大對於救國事業做到怎樣，這個我們且不談，但只就讀書來講，他的趨向總可以說是不錯的。北大的學風彷彿有點迂闊似的，有些明其道不計其功的氣概，肯冒點險卻並不想獲益，這在從前的文學革命五四運動上面都可以看出，而民六以來計畫溝通文理，注重學理的研究，開闢學術的領土，尤其表示得明白。

別方面的事我不大清楚，只就文科一方面來說，北大的添設德法俄日各文學系，創辦研究所，實在是很有意義，值得注意的事。有好些事情隨後看來並不覺得什麼希奇，但在發起的當時卻很不容易，很需要些明智與勇敢，例如十多年前在大家只知道尊重英文的時代加添德法文，只承認詩賦策論是國文學的時代講授詞曲，——我還記得有上海的大報曾經痛罵過北大，因為是講元曲的緣故，可是後來各大學都有這一課了，罵的人也就不再罵，大約是漸漸看慣了吧。

最近在好些停頓之後朝鮮蒙古滿洲語都開了班，這在我也覺得是一件重大事件，中國的學術界很有點兒廣田自荒的現象，尤其是東洋歷史語言一方面荒得可以，北大的職務在去種熟田之外還得在荒地上來下一鍤，來不問收穫但問耕耘的幹一下，這在北大舊有的計畫上是適合的，在現時的情形上更是必要，我希望北大的這種精神能夠繼續發揮下去。

我平常覺得中國的學人對於幾方面的文化應該相當地注意，自然更應該有人去特別地研究。這是希臘，印度，亞剌伯與日本。近年來大家喜歡談什麼東方文化與西方文化，我不知兩者是不是根本上有這麼些差異，也不知道西方文化是不是用簡單的三兩句話就包括得下的，但我總以為只根據英美一兩國現狀而立論的未免有點籠統，普通稱為文明之源的希臘我想似乎不能不予以一瞥，況且他的文學哲學自有獨特的價值，據臆見說來他的思想更有與中國很相接近的地方，總是值得螢雪十載去鑽研他的，我可以擔保。

印度因佛教的緣故與中國關係密切，不待煩言，亞剌伯的文藝學術自有成就，古來即和中國接觸，又因國民內有一部分回族的關係，他的文化已經不能算是外國的東西，更不容把他閒卻了。日本有小希臘之稱，他的特色確有些與希臘相似，其與中國文化上之關係更彷彿羅馬，很能把先進國的文化拿去保存或同化而光大之，所以中國治「國學」的人可以去從日本得到不少的資料與參考。

從文學史上來看，日本從奈良到德川時代這千二百餘年受的是中國影響，處處可以看出痕跡，明治維新以後，與中國近來的新文學相同，受了西洋的影響，比較起來步驟幾乎一致，不過日本這回成為先進，中國老是追著，有時還有意無意地模擬販賣，這都給予我們很好的對照與反省。以上這些說明當然說得不很得要領，我只表明我的一種私見與奢望，覺得這些方面值得注意，希望中國學術界慢慢地來著手，這自然是大學研究院的職務，現在在北大言北大，我就不能不把這希望放在北大——國立北京大學及研究院——的身上了。

我重複地說，北大該走他自己的路，去做人家所不做的而不做人家所做的事。北大的學風寧可迂闊一點，不要太漂亮，太聰明。過去一二年來北平教育界的事情真是多得很，多得很，我有點不好列舉，總之是政客式的反覆的打倒擁護之類，僥倖北大還沒有做，將來自然也希望沒有，不過這只是消極的一面，此外還有積極的工作，要奮勇前去開闢人荒，著手於獨特的研究，這個以前北大做了一點點了，以後仍須繼續努力。我並不懷抱著什麼北大優越主義，我只覺得北大有他自己的精神應該保持，不當去模仿別人，學別的大學的樣子罷了。

「讀書不忘救國，救國不忘讀書」，那麼救國也是一半的事情吧。這兩個一半不知道究竟是那一個是主，或者革命是重要一點亦未可知？我姑且假定，救國，革命是北大的乾路吧，讀書就算作支路也未始不可以，所以便加上題目叫作「北大的支路」云。

民國十九年十二月十一日，於北平。

後記

這半年來又寫了三四十篇小文，承篠君的好意說可以出版，於是便結集起來，題上原有的名字曰「苦竹雜記」。「雜記」上本有小引，不過那是先寫的，就是寫於未有本文之先，所以還得要一篇後寫的，當作跋或序，對於本文略略有所說明。

但是這說明又很不容易，因為沒有什麼可以說明，我所寫的總是那麼樣的物事，一兩年內所出的《夜讀抄》和《苦茶隨筆》的序跋其實都可以移過來應用，也不必另起爐灶的來寫。這又似乎不大好，有點取巧，也有點偷懶。那麼還只得從新寫起來，恰好在留存的信稿裡有幾篇是談到寫文章的，可以抄來當作材料。

其一，本年六月廿六日答南京陽君書云：

「手示誦悉。不佞非不忙，乃仍喜弄文字，讀者則大怒或怨不佞不從俗吶喊口號，轉喉觸諱，本所預期，但我總不知何以有非給人家去戴紅黑帽喝道不可之義務也。不佞文章思想拙且淺，不足當大雅一笑，這是自明的事實，唯凡奉行文藝政策以文學作政治的手段，無論新派舊派，都是一類，則於我為隔教，其所說無論是揚是抑，不佞皆不介意焉。不佞不幸為少信的人，對於信教者只是敬而遠之，況吃教者耶。國家衰亡，自當負一份責任，若云現在吶喊幾聲准我免罪，自愧不曾學會畫符念咒，不敢奉命也。紙先先生《震庚日記》極願一讀，如擬刊行，或當勉識數行。草草不盡。」

紅黑帽編竹作梅花眼為帽胎，長圓而頂尖，糊黑紙，頂掛雞毛，皂隸所戴，在知縣轎前喝道曰烏荷。此帽今已不見，但如買雜貨鋪小燈籠改作，便頃刻可就，或只嫌稍矮耳。

其二是十月十七日晚與北平虞君書云：

「手書誦悉。近來作文別無進步，唯頗想為自己而寫，亦殊不易辦到，而能減少為人（無論是為啟蒙或投時好起見）的習氣總是好事，不過所減亦才分毫之末耳。因此希望能得一點作文之樂趣，此卻正合於不佞所謂識字讀書唯一用處在於消遣之說，可笑從前不知實用，反以此自苦，及今當思收之桑榆也。」

其三是十一月六日答上海有君書云：

「來書徵文，無以應命。足下需要創作，而不佞只能寫雜文，又大半抄書，則是文抄公也，二者相去豈不已遠哉。但是不佞之抄卻亦不易，夫天下之書多矣，不能一一抄之，則自然只能選取其一二，又從而錄取其一二而已，此乃甚難事也。明謝在杭著筆記曰『文海披沙』，講學問不佞不敢比小草堂主人，若披沙揀金則工作未始不相似，亦正不敢不勉。

「我自己知道有特別缺點，蓋先天的沒有宗教的情緒，又後天的受了科學的影響，所以如不准稱唯物也總是神滅論者之徒，對於載道衛道奉教吃教的朋友都有點隔膜，雖然能體諒他們而終少同情，能寬容而心裡還是疏遠。因此我看書時遇見正學的思想正宗的文章都望望然去之，真真連一眼都不瞟，如此便不知道翻過了多少頁多少冊，沒有看到一點好處，徒然花費了好些光陰。

「我的標準是那樣的寬而且窄，窄時網不進去，寬時又漏出去了，結果很難抓住看了中意，也就是可以抄的書。不問古今中外，我只喜歡兼具健全的物理與深厚的人情之思想，混和散文的樸實與駢文的華美之文章，理想固難達到，少少具體者也就不肯輕易放過。

「然而其事甚難。孤陋寡聞，一也。沙多金少，二也。若百中得一，又於其百中抄一，則已大喜悅，抄之不容易亦已可以不說矣。故不佞抄書並不比自己作文為不苦，然其甘苦則又非他人所能知耳。語云，學我者病，來者方多。輒嘮叨寫此，以明寫小文抄書之難似易，如以一篇奉投，應請特予青眼，但是足下既決定需要創作，則此自可應無庸議了。」

以上這些信都不是為「雜記」而寫的，所以未必能說明得剛好，不過就湊合著用罷了。我只想加添說一句，我仍舊是太積極，又寫這些無用文章，妨害我為自己而寫的主義，「畏天憫人」豈不與前此說「命運」是差不多的意思，這一年過去了沒有能夠消極一點，這是我所覺得很可悲的。我何時才真能專談風月講趣味，如許多熱心的朋友所期待者乎。我恐怕這不大容易。自己之不滿意只好且擱起不說，但因此而將使期待的朋友長此失望，則真是萬分的對不起也。

廿四年十一月十三日，知堂記於北平。

文學大師精品集

永不褪流行的經典，不可不看的傳家巨著

在魯迅中吶喊，在蕭紅中生死，在林語堂裡煙雲……品味大師級作品，回味不朽經典！

【經典新版】

書目

魯迅作品精選集

01. 吶喊（含阿Q正傳）
02. 徬徨
03. 朝花夕拾
04. 野草
05. 故事新編
06. 中國小說史略

郁達夫作品精選集

01. 沉淪
02. 微雪
03. 遲桂花
04. 歸航
05. 水樣的春愁

林語堂作品精選集

01. 京華煙雲（上）
02. 京華煙雲（下）
03. 生活的藝術
04. 蘇東坡傳
05. 朱門
06. 風聲鶴唳
07. 吾土與吾民
08. 武則天傳
09. 紅牡丹
10. 賴柏英

蕭紅作品精選集

01. 呼蘭河傳
02. 生死場

徐志摩作品精選集

01. 翡冷翠山居閒話
02. 我所知道的康橋

朱自清作品精選集

01. 背影
02. 蹤跡

全館套書85折優待・單冊9折優待

郵撥帳戶：風雲時代出版公司　服務專線：02-2756-0949

郵撥帳號：12043291

周作人作品精選 13

苦竹雜記【經典新版】

作者：周作人
發行人：陳曉林
出版所：風雲時代出版股份有限公司
地址：10576台北市民生東路五段178號7樓之3
電話：(02) 2756-0949
傳真：(02) 2765-3799
執行主編：朱墨菲
美術設計：吳宗潔
行銷企劃：林安莉
業務總監：張瑋鳳

初版日期：2022年3月
ISBN：978-986-352-983-5

風雲書網：http://www.eastbooks.com.tw
官方部落格：http://eastbooks.pixnet.net/blog
Facebook：http://www.facebook.com/h7560949
E-mail：h7560949@ms15.hinet.net
劃撥帳號：12043291
戶名：風雲時代出版股份有限公司

風雲發行所：33373桃園市龜山區公西村2鄰復興街304巷96號
電話：(03) 318-1378
傳真：(03) 318-1378
法律顧問：永然法律事務所 李永然律師
北辰著作權事務所 蕭雄淋律師

行政院新聞局局版台業字第3595號 營利事業統一編號22759935
©2022 by Storm & Stress Publishing Co.Printed in Taiwan
◎如有缺頁或裝訂錯誤，請退回本社更換

定價：300元

版權所有　翻印必究

國家圖書館出版品預行編目資料

苦竹雜記 / 周作人著. -- 初版. -- 臺北市：風雲時代出版股份有限公司, 2021.03　面；　公分. -- (周作人作品精選；13)

ISBN 978-986-352-983-5

855　　110000303

凬風雲時代

風雲時代 風雲時代 風雲時代 風雲時代 風雲時代 風雲時代 風雲時代
雲時代 風雲時代 風雲時代 風雲時代 風雲時代 風雲時代 風雲時代 風
風雲時代 風雲時代 風雲時代 風雲時代 風雲時代 風雲時代 風雲時代
雲時代 風雲時代 風雲時代 風雲時代 風雲時代 風雲時代 風雲時代 風
風雲時代 風雲時代 風雲時代 風雲時代 風雲時代 風雲時代 風雲時代
雲時代 風雲時代 風雲時代 風雲時代 風雲時代 風雲時代 風雲時代 風
風雲時代 風雲時代 風雲時代 風雲時代 風雲時代 風雲時代 風雲時代
雲時代 風雲時代 風雲時代 風雲時代 風雲時代 風雲時代 風雲時代 風
風雲時代 風雲時代 風雲時代 風雲時代 風雲時代 風雲時代 風雲時代
雲時代 風雲時代 風雲時代 風雲時代 風雲時代 風雲時代 風雲時代 風
風雲時代 風雲時代 風雲時代 風雲時代 風雲時代 風雲時代 風雲時代
雲時代 風雲時代 風雲時代 風雲時代 風雲時代 風雲時代 風雲時代 風
風雲時代 風雲時代 風雲時代 風雲時代 風雲時代 風雲時代 風雲時代
雲時代 風雲時代 風雲時代 風雲時代 風雲時代 風雲時代 風雲時代 風
風雲時代 風雲時代 風雲時代 風雲時代 風雲時代 風雲時代 風雲時代
雲時代 風雲時代 風雲時代 風雲時代 風雲時代 風雲時代 風雲時代 風
風雲時代 風雲時代 風雲時代 風雲時代 風雲時代 風雲時代 風雲時代
雲時代 風雲時代 風雲時代 風雲時代 風雲時代 風雲時代 風雲時代 風
風雲時代 風雲時代 風雲時代 風雲時代 風雲時代 風雲時代 風雲時代
雲時代 風雲時代 風雲時代 風雲時代 風雲時代 風雲時代 風雲時代 風
風雲時代 風雲時代 風雲時代 風雲時代 風雲時代 風雲時代 風雲時代
雲時代 風雲時代 風雲時代 風雲時代 風雲時代 風雲時代 風雲時代 風
風雲時代 風雲時代 風雲時代 風雲時代 風雲時代 風雲時代 風雲時代
雲時代 風雲時代 風雲時代 風雲時代 風雲時代 風雲時代 風雲時代 風
風雲時代 風雲時代 風雲時代 風雲時代 風雲時代 風雲時代 風雲時代
雲時代 風雲時代 風雲時代 風雲時代 風雲時代 風雲時代 風雲時代 風
風雲時代 風雲時代 風雲時代 風雲時代 風雲時代 風雲時代 風雲時代
雲時代 風雲時代 風雲時代 風雲時代 風雲時代 風雲時代 風雲時代 風
風雲時代 風雲時代 風雲時代 風雲時代 風雲時代 風雲時代 風雲時代
雲時代 風雲時代 風雲時代 風雲時代 風雲時代 風雲時代 風雲時代 風
風雲時代 風雲時代 風雲時代 風雲時代 風雲時代 風雲時代 風雲時代
雲時代 風雲時代 風雲時代 風雲時代 風雲時代 風雲時代 風雲時代 風
風雲時代 風雲時代 風雲時代 風雲時代 風雲時代 風雲時代 風雲時代
雲時代 風雲時代 風雲時代 風雲時代 風雲時代 風雲時代 風雲時代 風
風雲時代 風雲時代 風雲時代 風雲時代 風雲時代 風雲時代 風雲時代
雲時代 風雲時代 風雲時代 風雲時代 風雲時代 風雲時代 風雲時代 風
風雲時代 風雲時代 風雲時代 風雲時代 風雲時代 風雲時代 風雲時代
雲時代 風雲時代 風雲時代 風雲時代 風雲時代 風雲時代 風雲時代 風
風雲時代 風雲時代 風雲時代 風雲時代 風雲時代 風雲時代 風雲時代
雲時代 風雲時代 風雲時代 風雲時代 風雲時代 風雲時代 風雲時代 風
風雲時代 風雲時代 風雲時代 風雲時代 風雲時代 風雲時代 風雲時代
雲時代 風雲時代 風雲時代 風雲時代 風雲時代 風雲時代 風雲時代 風
風雲時代 風雲時代 風雲時代 風雲時代 風雲時代 風雲時代 風雲時代